Thiess Matt-Eron
NNT-VISIONS
Partie 2
L'ennemi invisible

-

Episode 1 :
Ciblés par le groupe MD

Informations préliminaires :

* Le livre est la suite du livre précédemment publié intitulé « NNT-Visions - **HBB-Chaos en pleine effervescence : Un voyage dans les mystérieuses expériences de la vie. (NNT-Visions, Band 1)** ».

** L'histoire se passe à l'USF (United State of Freedom). L'USF est composée de nombreux États qui se sont unis après la guerre. Contrairement aux États-Unis, différentes langues y sont parlées, y compris les dialectes allemand, anglais, français, chinois et africains. On peut imaginer l'USF comme un mélange de différents pays de différents continents. Toute l'histoire et le fond de l'USF sont révélés au cours des livres.

Dans l'USF, il y a aussi des règles/lois auxquelles nous ne sommes pas habitués. Pour l'épisode en cours, les règles suivantes sont d'intérêt :

Dans le USF, le prénom est également mentionné avec le titre de doctorat, par exemple. Docteur Petra.

Dans l'USF, les noms des cliniques sont choisis librement, indépendamment des villes.

Dans l'USF, les médecins ne sont pas tenus de montrer à la femme enceinte l'image de son échographie pendant ou après ses examens. Même sur demande, cela peut être refusé. L'une des nombreuses raisons à cela est l'interdiction d'avorter les enfants handicapés.

Dans l'USF, les hôpitaux ont un problème beaucoup plus

important de carence sanguine qu'avec la disponibilité d'organes appropriés. Le contexte de cette situation sera expliqué plus loin. Mais cela a quelque chose à voir avec la guerre précédente.

Les villages sans voisins font référence à des lieux / îles inclus dans l'USF, mais n'appartenant officiellement á aucun état de l'USF. Ils sont souvent utilisés par le groupe Mark Dabrator à des fins privées.

Dans l'USF, une ou deux fois par an est organisée une conférence dans le cadre de l'éducation. Elle est annoncée par e-mail dans de brefs délais ici aussi, comme pour les raisons détaillées plus loin et qui ont quelque chose à voir avec la terreur dans les écoles et Mark Dabrator.

Si des personnes sont portées disparues, l'USF dispose d'un délai minimum de vingt-quatre à trente-six heures avant l'intervention de la police.

Les relations de travail sont toujours conclues par un contrat. Même une personne privée, telle qu'une baby-sitter, ne peut être embauchée qu'avec un contrat écrit, établi conformément à la loi USF.

*****Ce sont les plus importants des acteurs.**

Berta : Mère biologique de David et Beyonce.
Dr Anne : Gynécologue qui a aidé Berta à accoucher. Elle est suspectée.
Luc : Inspecteur en chef et enquêteur en chef dans le cas

de l'enfant enlevé.
Lea=Léa : Enseignante et épouse de l'inspecteur en chef Luc.
Chris : collègue de l'inspecteur en chef Luc.
Dr Petra : collègue du Dr Anne et épouse de Chris.
Sebastian : Expert en informatique et frère de Chris.
Elvira : partenaire de Sebastian.
Vieille dame : Apparence étrange avec un mode de communication auquel il faut s'habituer.
Bill : Comme Chris, il porte un tatouage de Mark Dabrator sur son corps et, comme Berta, était un patient du psychologue Dr Lisa.
Mark Dabrator : Un mystère toujours non résolu.
Groupe MD = Mark Dabrator - Groupe

Bienvenu dans l'USF Quiz Arena ! Animé par NNTV, l'ambassadeur d'une société étrange.

"Toi, là-bas. Oui, c'est toi le prochain !"

Le grand amour est-il plus dangereux que la drogue ?
      Un bout de papier aurait-il pu renverser le Titanic ?
         Le diable est-il un partenaire fiable ?
Le prix de la confiance est-il prédictible ?

Exposé :

Luc est un policier qui a beaucoup de succès. Après la naissance de ses enfants, son mariage est voué à l'échec. Le rêve partagé avec sa femme d'avoir une famille aimante menace d'éclater après être devenu l'enquêteur principal dans l'affaire Berta. Après quelques traces prometteuses, ils se sont faits, sa famille et lui, la cible d'un ennemi puissant avec des tours extraordinaires. Les circonstances contraignirent Luc à négliger l'enquête en cours juste pour sauver sa famille.

1

Luc regarda les gerberas jaunes qui se tenaient devant lui dans un vase. Il étendit la main vers l'une des délicates tiges des fleurs, puis il hésita. C'étaient les fleurs préférées de Lea. Mais ne devrait-il pas acheter plutôt des roses rouges classiques ? Une rose rouge gagne le cœur de toutes les femmes, n'est-ce pas ? C'est peut-être vrai si on veut conquérir un cœur ?

> ➢ Puis-je vous aider ? Demanda la vendeuse.

Luc avait pris une résolution. Il n'avait pas besoin de regagner le cœur de Lea. Elle ne lui avait dit ça qu'hier. Les dernières semaines avaient été difficiles, mais maintenant tout allait bien.

> ➢ J'aimerais avoir le Gerbera, dit-il.

A son arrivée chez lui, il ouvrit la porte d'entrée, un nuage de fumée s'éleva en sa direction. Luc renifla. Au lieu de sentir l'odeur de la délicieuse nourriture que lui avait promis Lea le matin, il se dégageait une odeur de brûlé. L'alarme incendie s'était déclenchée et Lea sortit de la cuisine avec l'extincteur. Un épais nuage de fumée s'échappait de la cuisine avant qu'elle ne claque la porte. Luc désactiva l'alarme et ouvrit aussitôt les fenêtres du salon en toussant. Quand il put respirer à nouveau, il s'approcha d'elle et saisit l'extincteur avec sa main.

> ➢ Que s'est-il passé ?   Demanda-t-il.

Léa éclata en sanglots l'instant d'après.

> ➢ J'ai oublié l'huile sur la cuisinière et elle a chauffé, dit-elle doucement.

Luc poussa un soupir de soulagement.

> ➢ Ce n'est pas si grave que ça, déclara-t-il.

Regarde, je t'ai apporté des fleurs, chérie.

Il ramassa le bouquet de Gerberas qui était tombé par terre pendant l'incident et qui semblait maintenant un peu terni. Lea regarda le bouquet et éclata en sanglots.

Puis elle se retourna et courut vers la chambre en pleurant.

> Ai-je dit quelque chose de mal ? Se demanda Luc au fond de lui.

Il poussa prudemment la porte qui était entrouverte. Il tressaillit. La chambre était en désordre. La literie était froissée sur le sol à côté d'une photo de mariage encadrée dont le verre avait été brisé. Il y avait des boîtes de chocolat vides partout. Luc prit une grande inspiration et s'approcha prudemment du lit sur lequel Lea était couchée et pleurait.

> Qu'est-ce qu'il y a, chérie ?

> Laisse-moi tranquille, cria Léa.

Elle sortit en courant de la pièce et claqua la porte derrière elle. Luc entendit Lea pleurer tranquillement devant la porte de la chambre. Il s'approcha de la porte.

> Parle-moi, s'il te plaît, chérie. Tu peux me faire confiance. Peu importe ce qui s'est passé, je serai toujours à tes côtés.

> Je croyais que tu m'aimais !

> Bien sûr !

Luc ouvrit la porte lentement. Lea était effondrée sur le sol. Il s'avança prudemment dans le couloir et s'assit en face d'elle. Léa baissa les yeux.

> Je t'aimais idolâtrement ! Je te faisais confiance

aveuglément. Et toi ?

Elle inspira et expira profondément, puis continua :

> ➤ Pourquoi as-tu fait cela ? Comment as-tu pu trahir notre grand amour ? Après tout ce que nous avons vécu ensemble pendant toutes ces années ?

Luc se pencha en avant et prit la main de Lea dans la sienne.

> ➤ Tu sais que nos enfants et toi êtes la chose la plus précieuse de ma vie. Et il en sera toujours ainsi.

Lea resta immobile un moment, puis retira sa main.

> ➤ Arrête de jouer au gentil tout le temps. Tu n'es qu'un idiot !

> ➤ S'il te plaît, Léa. Tu ne veux pas enfin me dire ce qui s'est passé ?

Léa détourna les yeux. Puis elle dit d'une voix calme :
> ➤ J'ai la preuve que tu as triché.

Luc retenait son souffle, puis il ria. Il avait déjà des appréhensions... mais non, ce n'était rien de grave. Un seul des caprices de Lea.

> ➤ Comment oses-tu en rire ! Si David, David, que nous désirons depuis si longtemps, n'est pas de moi, mais de Berta !

> ➤ Tu délires !

> Non. Les résultats du test de maternité sont sur l'étagère bleue dans la chambre.

Sois-en convaincu !

Luc se souvint alors de la dernière conversation qu'il avait eue avec Berta dans laquelle celle-ci lui avait fait part de l'intention de Léa de refaire le test de maternité. Ce n'est qu'à ce moment-là qu'il se rendit compte que Berta avait eu raison. Luc avait été profondément choqué d'apprendre d'un tiers que sa femme avait demandé de refaire le test de maternité derrière son dos. Mais le message dans le témoignage de Lea était beaucoup plus choquant.

> Berta est-elle la mère de David ?

> Ne joue pas les surpris, cria Léa en déformant méprisamment les commissures de sa bouche. Ça ne sert plus à rien maintenant.

> Luc fronça les sourcils. Chris pourrait-il avoir raison ?

Tout a commencé quand il a repris l'affaire Berta. Lorsqu'on a soupçonné que Mark Dabrator avait quelque chose à voir avec l'enlèvement des enfants de Berta, Chris l'avait prévenu. Mark Dabrator, avait-il dit, était dangereux. Tous ceux qui s'opposaient à lui ont été tués dans des circonstances mystérieuses peu de temps après. Certains ont perdu leur fortune, d'autres ont plongé dans la misère. A l'époque, Luc avait ri. Après tout, il n'était pas devenu détective pour éviter les criminels, et Mark Dabrator était le criminel le plus recherché dans toute la

République. Progressivement, cependant, il a été convaincu de la désagréable probabilité que Chris pouvait avoir raison. Chaque fois qu'il faisait des progrès dans l'enquête, il se passait quelque chose. D'abord, sa femme avait reçu une lettre étrange, puis des photos le jour de son mariage. Comment a-t-il fait ça ? Luc posa la main contre son front.

- Chérie..., dit-il.

Léa leva les yeux.

Parlons en paix.

Lea détourna les yeux de Luc. Puis elle alla dans la bergerie et en revint avec les résultats le test de maternité qu'elle exposa devant son mari.

- Tiens, voilà. Lis-les et dis-moi ce que tu ressentirais à ma place.

Luc les saisit avec hésitation.

- Comment sais-tu si les résultats du labo sont fiables ?
- Le test a été vérifié et confirmé trois fois par différents laboratoires, donc il n'y a aucun doute.
- Honnêtement, je ne peux pas expliquer comment c'est arrivé.
- Épargne-moi tes excuses. Je veux vivre séparée de toi à partir de maintenant. J'ai besoin de recul.

Le cœur de Luc oscillait entre son cœur et son cerveau.

- Qu'est-ce que tu veux dire ?
- Tu m'as déjà bien compris !

Luc resta silencieux. Puis il dit :

- Tu ne m'aimes plus ?
- Qu'est-ce que ça changerait au juste ? Même si je t'aime toujours, je n'ai pas à tout supporter.

Lea inspira fortement.

- Je pense que c'est à cause des conclusions des médecins.
- De quels rapports parles-tu ?
- Le rapport décrivant en détails pourquoi j'avais si peu de chances de tomber enceinte.

Luc secoua la tête avec incrédulité.

- Tu ne veux pas me reprocher de ne pas t'avoir soutenue. J'ai pris des vacances pour être avec toi. Je t'ai aidée partout où j'ai pu.
- Ce n'est pas de ça qu'il s'agit !
- Alors de quoi s'agit-il ?
- Au fil des années, tu m'as répété à maintes reprises combien il est important pour toi d'avoir des enfants. Un être qui porte tes gènes quand tu

quitteras la terre.

> Oui et ?

> Très simple : je crois que tu as triché avec l'intention de concevoir un bébé.

> Dis, tu délires ?

Ils se regardaient fixement. Le cœur de Luc battait à toute allure.

> Je refuse d'écouter ça plus longtemps.   Dit-il.
Je n'ai pas triché avec Berta. C'est tout ce que j'ai à dire à ce sujet.

Il laissa Lea et s'installa dans le salon. Pendant un moment, il resta là sans vraiment rien voir. Finalement, il cligna des yeux. Il prit une bouteille de whisky dans le bar et en but quelques gorgées directement de la bouteille.

2.

Lea était assise. La cuisine était son refuge de l'instant.

Penchée au-dessus de la table, les mains fermées autour d'une tasse de chocolat, « Je n'avais jamais pensé que l'amour pouvait être aussi nocif pour l'âme », pensa Lea.

« Peut-être qu'il ne méritait pas mon amour ? »

Elle jeta un coup d'œil par la fenêtre. Au dehors, Il faisait déjà nuit. La seule chose qu'elle pouvait voir était ce lampadaire familier qui jetait sa lumière blafarde sur une petite ouverture du trottoir. Elle a bu, d'un coup, sa tasse et l'a reposée sur la table. Ses mains tremblaient.

Mais...comme elle détestait Berta à ce moment-là !

« Mais qu'avait donc cette Berta, que, ELLE, n'avait pas ? »

Elle aussi, était jolie et habillée à la mode.

Elle aussi, au lit, était une bombe, avant, tout autant que maintenant.

D'un revers de la main, elle se frotta ses yeux brûlants, et s'enveloppa ensuite, de ses deux bras délicats les genoux.

Et si Luc avait dit la vérité ?

Peut-être que les tests avaient été manipulés après tout.

Et puis... Luc était toujours le même après tout.

Elle le connaissait depuis si longtemps. Ils étaient ensemble depuis si longtemps. Ils avaient vécu tant de choses ensemble.

Le regard de Luc était toujours le même.

En fait, il avait toujours été là pour elle. Mais, vraiment, n'aurait-elle rien remarqué s'il l'avait trompée avec une autre femme ?

De toute façon, c'était un mauvais menteur !

Elle laissa sa tête plonger, s'enfoncer et s'abandonner dans ses mains.

Peut-être avait-elle réagi de façon excessive ? Est-ce

qu'elle devrait s'en vouloir ?

Non, non ! Toutes les femmes dans cette situation agiraient de la même façon. Tout cela n'avait rien à voir avec l'amour et encore moins avec le mariage ! Ni même la promesse de rester ensemble dans les bons et les mauvais moments. Pour le meilleur et pour le pire, comme ils disent.

Elle jouait avec son alliance. Elle adorerait l'enlever de son doigt et la jeter ! Luc avait brisé beaucoup de choses en rompant sa promesse de mariage. Elle ne lui pardonnerait jamais. Pourrait-elle même imaginer un avenir avec lui ?

Elle souleva un de ses sourcils ce qui lui donna un air moqueur.

Oui, oui ! La bonne question était plutôt de savoir si elle pouvait imaginer un avenir sans lui. Elle se regarda dans le miroir qui se trouvait là, comme un témoin discret. Juste là, à quelques centimètres au-dessus de sa poitrine, juste en-dessous de la clavicule, son nom était tatoué.

« Ô mon Dieu, s'il te plaît, aide-moi, » dit-elle doucement dans un murmure.

Un mouvement dans le miroir la fit se retourner brusquement.

Luc se tenait à l'entrée de la pièce.

Elle était sans voix, puis se reprit rapidement.

> ➢ Depuis combien de temps es-tu là ? Je croyais que tu dormais.

> ➢ Assez longtemps pour avoir entendu une grande

> partie de ton monologue.

> As-tu écouté ce que j'ai dit ?

> Oui, Lea, je l'ai fait... Lea.... Je ne veux plus me disputer. Tu as ton opinion, ce que je respecte. Tôt ou tard, la vérité sortira de l'ombre, et se fera connaître.

Lea ne fit aucun bruit, ne répondit rien, mais des larmes perlèrent au coin de ses yeux et s'écoulèrent lentement au long de ses joues. Luc s'approcha d'elle et la regarda dans les yeux.

> Notre amour a survécu aux tremblements de terre, aux orages et aux tempêtes de toutes sortes dans le passé, dit-il.

Après une pause, il poursuivit.
Et maintenant tout devrait être différent ? Notre amour est victorieux et ne se laisse jamais abattre par des coups durs de quelconque nature ! Je suis peut-être le seul à croire en une autre victoire.

Elle répondit à son regard par un silence. Sa lèvre inférieure tremblait.

> Ça fait tellement mal, dit-elle d'une voix cassante.

Tu m'avais promis un été sans fin ! Et maintenant ?

Quand Luc lui tendit la main, elle passa devant lui, partit, rentra dans la chambre, verrouilla la porte derrière elle.

3.

Chris se questionnait.

Pour la première fois depuis qu'il le connaissait, Luc était arrivé en retard au poste de police et avait disparu et se cloîtra sans une salutation dans son bureau.

Tout le monde peut parfois être en retard, pensa Chris et vérifia ses courriels. Mais comme Luc, une demi-heure plus tard, n'était toujours pas ressorti, et qu'aucun bruit venant du bureau ne se faisait entendre, Chris commença à s'inquiéter. Il se leva, prépara un café à Luc, en guise de compensation en cas d'intrusion abusive dans une réunion importante, et il se dirigea d'un pas alerte et rapide vers son bureau.

D'une main le café, de l'autre.... Il frappa, anxieux, à la porte.

Pas de réponse.

« Luc, c'est moi, Chris », cria-t-il. « Je peux entrer ? »

Silence. Chris ouvrit prudemment la porte, un large sourire joyeux mêlé de curiosité sur ses lèvres, qui ... disparut en un instant.

Le bureau de son collègue était resté sombre, comme tôt le matin, et il planait dans l'air comme une odeur de fenêtre que l'on a oublié d'ouvrir pour ventiler. Chris alluma les lumières et posa la tasse de café sur le bureau. « Je n'arrive pas à y croire ! »

Il observa son collègue pendant un moment et secoua la tête avec incrédulité. « Luc, Luc... » Son collègue dormait profondément. Mais, qu'est-ce qui n'allait pas chez lui ?

Chris se pencha vers Luc et le secoua légèrement. « Luc, réveille-toi. »

> Qu'est-ce encore ?   Dit Luc, à moitié endormi.

> Qu'est-ce qui se passe ? Tu ne te sens pas bien ?

Luc s'étira.

> Tout va bien, merci de me le demander, murmura-t-il après avoir longuement baillé.

Chris lui jeta un regard aiguisé.

> Vraiment ? Alors à quoi servent les pilules à côté de toi ?

> C'est du paracétamol et des tranquillisants. On peut toujours en avoir besoin.

Chris leva un sourcil.

> Si tu ne veux pas en parler, dis-le !

Luc soupira.

> C'est à propos de Léa, dit-il.
> Il semble que Mark Dabrator soit bien impliqué dans cette affaire.

Le cœur de Chris serra.

> Mais encore ?

> J'en suis convaincu. Je ne peux pas autrement expliquer qui envoie des lettres aussi destructrices à ma femme.

> Attends une minute. Lea a reçu une autre lettre anonyme ?

> Oui. Je commence à croire que tu avais raison. J'aurais peut-être dû laisser l'enquête à un autre collègue.

> Que dit cette lettre ?

Luc sortit son smartphone de sa poche, et présenta à Chris une photo.

> Voilà !

Chris regarda la photo la bouche ouverte.

> Comment Berta a-t-elle réagi ?

> Comment je devrais-je le savoir ?

> C'est la baby-sitter de vos enfants ! Tu ne peux pas lui cacher quelque chose comme ça.

> Pour ton information, Lea a viré Berta et cherche une nouvelle baby-sitter.

> Je m'en doutais presque.

> Elle lui a aussi dit qu'elle ne pouvait plus voir les enfants avant que tout soit parfaitement clair.

> Dommage. Mais compréhensible.

> Bien sûr que je trouve ça dommage. Mais je ne pouvais pas me permettre de causer encore plus d'ennuis dans cette situation en essayant de protéger Berta.

Chris était silencieux.

> Après tout, c'est peut-être mieux comme ça, dit Luc.

Chris fronça les sourcils.

> Je ne suis pas tout à fait de ton avis là-dessus.

> Et pourquoi pas ?

> Si l'expéditeur des lettres anonymes est un membre du groupe MD, j'imagine qu'il a plusieurs objectifs.

> Par exemple?

> Il se peut que l'expéditeur veuille détruire ta famille. Ou bien il essaie de provoquer une dispute entre ta femme et Berta.
> La première possibilité me semble la plus plausible. Selon la devise : Si vous nous chassez, nous vous détruirons. Mais je ne sais pas ce que Dabrator va obtenir d'une dispute entre Lea et Berta.

> Réfléchis.... Geo a été enlevé parce que le clan Mark Dabrator pensait qu'il était l'enfant biologique de Berta. Si Dabrator a entendu dire que Beyonce et David sont leurs enfants biologiques, alors il pourrait planifier un nouvel enlèvement.

Luc s'est mordu la lèvre et s'est gratté la barbe, en questionnement.

> Léa ne veut pas non plus que je rencontre Berta à l'extérieur du quartier général de la police, a-t-il

poursuivi après un silence.
- ➢ Ce n'est pas si grave. Berta s'est enfin acheté un smartphone. Elle est passée hier et a laissé son numéro. Tu le trouveras sur son dossier.

. Après un instant de silence, Chris jeta un coup d'œil à l'horloge.

- ➢ Je retourne à mon bureau. J'ai encore des e-mails importants auxquels je dois répondre.
- ➢ Chris, dit Luc.
  Je peux te poser une question personnelle ?
- ➢ De quoi s'agit-il ?

Chris regarda Luc, mais il évita son regard.
- ➢ Depuis la dernière conversation avec ma femme, je m'inquiète beaucoup, surtout depuis.... Cette nuit où nous étions au Beach Club. J'y vais tellement rarement !
- ➢ J'y ai pensé en regardant les photos sur ton smartphone.
- ➢ J'étais tellement ivre que je ne savais même plus à qui je parlais ce soir-là.
- ➢ Je sais, je sais. J'avais bien essayé en vain de t'arrêter. Tu en voulais tellement à ta femme que tu n'écoutais plus. Tu étais totalement ivre - comme une marionnette - et tu es parti dans une chambre d'hôtel avec trois femmes.

Luc baissa le regard.

- ➢ C'était vraiment stupide de ma part. Mais je pensais alors que Lea avait triché. Ce n'est évidemment pas une excuse. J'étais tellement en colère. Tu sais combien j'aime Lea. Je ne lui ferais jamais intentionnellement du mal.
- ➢ Il n'y a aucun doute là-dessus !

- Maintenant qu'elle a reçu la lettre, je voulais te demander si tu te souviens des femmes avec qui je suis allée à l'hôtel ?
- Oui. Je me souviens bien des trois visages.

Luc tressaillit.
- Trois femmes ? J'espère que Berta n'était pas l'une d'entre elles, ou bien ?
- Ne t'inquiète pas. Elle n'était pas là.
- Je te remercie. J'apprécie vraiment que tu prennes du temps pour m'aider, dit Luc soulagé.
- Avec plaisir, Luc ! répondit Chris qui fit demi-tour et repartit dans son bureau.

4.

Lea claqua la porte de l'appartement derrière elle et, dans sa hâte, faillit perdre l'ensemble des tests qu'elle tenait. Elle avait travaillé toute la fin de semaine pour que la correction soit faite à temps, puis ce matin, elle l'avait complètement oubliée et avait été forcée de retourner chez elle pendant son heure de creux. Bien sûr, c'était seulement à cause de la dispute qu'elle avait eue avec Luc hier. Lea ouvrit la portière de la voiture, jeta son sac sur le siège arrière. Alors qu'elle se retournait, son regard tomba sur la façade à côté de la porte avant. Les yeux étrécis, Lea s'approcha lentement et lu :

« La vérité ne peut être vue par des yeux inexpérimentés. Apprenez à reconnaître l'invisible vérité et attendez-la patiemment. »

« Qu'est-ce que cela signifie ? » L'estomac de Lea fit un saut périlleux. Nerveuse, elle regarda autour d'elle. Puis elle relu le message. « Mais qui a écrit une telle chose ? Et pour quoi le faire avec des couleurs différentes ? » se demandait-elle.

Les guillemets étaient rouges, l'écriture bleue et le tout était souligné en violet. Lèvres serrées, sourcils froncés, Lea réfléchissait. « Le rouge pourrait-il être lié au sang ? Le violet dans l'USF est souvent synonyme de sagesse et le bleu de confiance. » Elle se souvenait d'une conversation avec la vieille dame dans laquelle elle avait entendu quelque chose de semblable. « Les yeux et les émotions fortes sont les causes principales de notre cécité », avait dit la vieille dame.

Lea secoua la tête.

La personne qui lui avait envoyé la lettre anonyme avait-elle également joint le texte à la craie ? Et si oui, quel en était le but ? Voulait-on lui faire remarquer que Luc était innocent, après tout ? Son instinct lui disait de lui donner une chance, mais son esprit excluait l'innocence de son mari. Elle était prof de maths et de physique. Elle croyait aux chiffres et aux faits, et un test multiple cliniquement confirmé ne pouvait pas mentir. Le bruit d'une voiture retentit, et peu de temps après, Luc tourna vers l'entrée du garage.

***

— Bonjour, chérie, dit Luc en sortant du véhicule.

— Que fais-tu ici à cette heure-ci ? demanda Léa. Je croyais que tu travaillais plus longtemps aujourd'hui.

— J'ai oublié des documents à la maison.

— Oh, d'accord. Alors tu repars tout de suite ?

— Oui et toi ? Tu ne devrais pas être en cours ?

— En fait, oui.

— Mais ?

Silencieusement, Léa montra du doigt le mur de la maison.

— Qu'est-ce que ça veut dire ? demanda-t-elle.

— Je n'en ai aucune idée, mais je suppose que les couleurs ne sont pas choisies au hasard. Le rouge représente soit le sang, soit le courage.

— Aha. Et quel message se cacherait derrière tout ça ?

— Le message est assez clair.

— Je veux dire, avec les couleurs ?

— Peut-être que le rouge représente simplement le courage de remettre en question l'évidence. Courage de ne pas préjuger les gens. Courage de donner au temps une chance de corriger les mauvaises perceptions.

— C'est toi qui as écrit ça ? Ou comment se fait-il que tu passes si vite sur la défensive ?

— Hahahaha. Très drôle.

Lea restait silencieuse. Elle le regardait d'un air incertain.

— Je ne veux pas te retenir trop longtemps. Merci quand même.

— Pas de problème.

— Je vais y retourner, finit-elle par dire

— D'accord, répondit simplement Luc.

5.

Assise dans son lit, Berta fixait le mur. Elle ne se rappelait pas la dernière fois où elle s'était levée. Hier, déterminée à manger quelque chose ? Mais aussi dur qu'elle se débattit, la seule chose qui lui vint à l'esprit fut le licenciement soudain de Lea. Ses yeux s'emplirent de larmes.

Comment Lea pouvait-elle lui faire ça ? Elle avait passé assez de temps avec elle pour savoir qu'elle n'était pas *perfide*. Comment pouvait-elle lui reprocher d'avoir eu une liaison avec son mari ? Pire encore, de la soupçonner de faire du baby-sitting juste pour flirter avec son mari ? Lea ne l'avait jamais dit, mais Berta l'avait lu dans ses yeux. Oh, elle aurait tant aimé que Lea puisse lire dans son âme ! La seule raison pour laquelle Berta avait aimé son travail de baby-sitter, c'était les enfants.

Elle pouvait encore sentir l'odeur de sa petite Beyonce et voir le sourire irrésistible de David quand elle chantait sa chanson préférée. Oh, comment Lea pouvait-elle se montrer si égoïste ? Cette dernière savait à quel point les enfants l'aimaient. L'ego de Lea était-il plus important que la joie de ses enfants ? Ou y avait-il plus derrière ? Elle avait souvent mentionné avoir l'impression que les enfants appréciaient davantage sa présence que celle de leur mère.

Se pouvait-il que ce soit l'une des raisons pour lesquelles Lea voulait se débarrasser d'elle ? Berta chantait d'une voix déchirée un air qu'elle avait toujours chanté pour les enfants. Elle essuya sa joue humide. Pourquoi la douleur était-elle sa fidèle compagne ? « L'était-elle aussi pour toi, maman ? » s'interrogea-t-elle. La possibilité de faire quelque chose avec sa mère lui avait toujours été refusée. Et maintenant, leur progéniture devrait subir le même sort ? Combien d'autres générations souffriraient comme ça ?

« Ne savais-tu pas non plus qui était mon père ? » pensa-t-elle. « S'il te plaît, maman, réponds-moi. Notre parcours se ressemble-t-il ? Ma vie n'est-elle que le prolongement d'un film d'horreur dans lequel tu avais joué avant ? » Ses yeux étaient rouges et enflés. Elle serra le chapelet à son cou. Puis elle jeta un coup d'œil sur la Bible qui se trouvait à côté de son oreiller.

« Je sais que personne n'est parfait et je ne connais pas très bien la Bible non plus. Mais je la lis de temps en temps. Seigneur, quelque part tu dis : "Demandez, et l'on vous donnera ; cherchez, et vous trouverez ; frappez, et l'on vous ouvrira." Pourquoi ça ne s'applique pas à moi ? Y-a-t-il des prières de première et de deuxième classe ? Je vous prie, Père, libérez-moi de ce fardeau ! Je ne souhaite pas grand-chose. Une famille ! Je ne suis pas avide de prospérité ou autre, juste une vie sans trop de douleurs.

Bientôt, ce sera Noël. Les gens disent que c'est la célébration de l'amour. Ils prennent des rendez-vous et achètent des cadeaux. Les enfants écrivent des listes au Père Noël. J'ai maintenant plus de trente ans et je n'ai jamais eu ce privilège. Le seul cadeau que je souhaite, c'est le sentiment d'être aimée. Qui peut mieux le transmettre qu'une mère affectueuse et attentionnée ? Mes jumeaux devraient-ils maintenant subir le même sort et faire la fête sans leur mère ? Est-ce juste, cher Père ? Est-ce que mes enfants et moi payons pour les péchés de nos ancêtres ? »

Berta appuya sa main contre son front. Elle avait un léger mal de tête. Puis elle se trifouilla les cheveux. Elle se leva, aéra son appartement et avala un comprimé de paracétamol. Puis elle retourna au lit, appuya sa Bible contre sa poitrine et murmura à nouveau la chanson préférée des jumeaux, jusqu'à ce qu'elle s'endorme.

6.

Il s'était écoulé près d'une heure et demie avant que Berta ne fût réveillée par un cauchemar. Son cœur était sur le point de sortir de sa poitrine. Elle se souvint d'une partie de son cauchemar. Le Dr Petra avait donné ses enfants à quelqu'un et obtenu quelque chose en retour. « Qu'est-ce que c'était ? Elle échange mes enfants contre un bout de papier ? Était-ce un chèque ? » s'interrogea Berta. « Je me souviens à côté du Dr Petra, il y avait trois hommes. L'un des hommes refusait de remettre l'enfant. Puis il est monté dans un taxi et est parti avec l'une des jumelles. Pendant que le Dr Petra criait "Bill stop, stop !", un des deux autres hommes a sorti une arme et a tiré plusieurs fois sur le taxi sans succès. Quel cauchemar stupide ! Le Dr Petra est une gynécologue très aimable. Elle ne ferait jamais de mal à un enfant » se persuada-t-elle.

Le téléphone se mit à sonner, et Berta le regarda, hébétée : « Un appel anonyme ? » Elle hésita un moment et répondit.

— Berta

— Oui ? À qui ai-je l'honneur, s'il vous plaît ?

— La Poste. Votre colis vient d'être livré. Merci beaucoup pour votre confiance et au revoir.

— Attendez une minute ! Je n'ai rien commandé...

Un bip sonore lui répondit. L'appelant venait de raccrocher. Elle secoua la tête avec incrédulité et prit la clé de sa boîte aux lettres. Elle se précipita dehors et vida toute la boîte. Une enveloppe lourde, non marquée, attira son attention. Curieuse, Berta l'ouvrit aussitôt chez elle. Elle tressaillit en découvrant des photos de Luc et elle dans un hôtel. « Impossible ! Ça ne peut-être qu'une mauvaise blague. » Ses membres se figèrent. « Ou peut-être que j'ai une sœur jumelle. » Ses paumes devinrent moites.

Elle déposa l'enveloppe et son contenu sur la table, alla dans la cuisine et se fit un thé au romarin qu'elle agrémenta de miel et de citron, avant de le boire d'une traite.

 Elle reprit l'enveloppe et lu le message joint.

« Ça remonte à des générations ! Ta mère aurait pu y mettre un terme. Malheureusement, elle a décidé de mettre fin à sa vie plus tôt que prévu. Maintenant, c'est ton tour. Fais ce qu'il faut ! Amène tes jumeaux à l'adresse indiquée à minuit. Ne porte pas plainte et persuade Luc d'abandonner les affaires en cours et les dossiers qui nous

concernent. Que ce soit Geo ou autre chose… ! Sinon, des images et des vidéos supplémentaires seront mises à la disposition du public. L'horloge ne fonctionne pas éternellement chez nous. Ta maman le savait déjà ».

Une peur glaciale s'empara d'elle.

« Le cauchemar se prolonge », songea-t-elle. « Je ne peux plus continuer. Je devrais peut-être revoir le Dr Lisa. Elle a réussi à calmer mon âme mieux que quiconque. Surtout, je trouvais l'échange avec d'autres personnes bénéfiques. J'ai le numéro de Bill. Je devrais peut-être essayer avec lui ? Je l'ai beaucoup aidé par le passé », réfléchit-elle.

« C'est un ami. Il pourrait certainement m'aider à gérer tout ce stress. » Elle composa le numéro, appuya son téléphone portable contre son oreille, et attendit qu'on lui réponde.

— Bonjour !

— Bonjour, Bill.

— Berta ?

— Oui. J'espère que je ne te dérange pas ? demanda-t-elle précautionneusement.

— Non, pas du tout. C'est bon de t'entendre ! Comment vas-tu ?

Berta hésita :

— Je ne me sens pas bien du tout.

— Que se passe-t-il ? Tu n'as pas l'air bien non plus. Tu as pleuré ?

Berta réprima les larmes qui lui revenaient déjà.

— Je ne comprends pas pourquoi ma vie est si compliquée.

Pour Bill, ce n'était pas la Berta qui l'avait inspiré il y a quelques semaines avec sa « théorie du tournant » et sa capacité à jouer avec les pensées.

— Qu'est-ce qu'il y a ?

— Je ne comprends pas ce qui s'est passé. Comment je suis tombée enceinte et qui sont mes parents ? Est-ce qu'ils vivent encore ? Est-ce que j'ai des frères et sœurs ? Pourquoi vivais-je dans la rue ?

Bill était submergé. Il venait juste de rencontrer Berta chez le Dr. Lisa et maintenant il était censé lui donner des réponses à propos de son passé ? Un passé dans lequel il n'était pas impliqué ?

— Berta, pourquoi reviens-tu sur ce sujet maintenant ? N'y pense même pas. Sois positive, comme tu l'as été ces dernières semaines. Tu te souviens encore de ce que tu m'as dit alors ? "Prends la vie comme elle vient et tires-en le meilleur ! " continua Bill.

— Oui, je sais. En fait, j'avais aussi laissé mon passé derrière moi.

— Et pourquoi y repenses-tu soudainement ?

Elle resta silencieuse. Quelques larmes coulèrent sur sa joue.

— Parce que mon passé ne me laisse point en paix. Il me poursuit.

— Comment cela ?

— Je suis la mère de jumeaux... Et les deux enfants sont de deux pères différents.

— Ce n'est pas vrai ?! s'exclama Bill, stupéfait.

— Je n'ai pas trouvé ça si mal. Ce qui m'a le plus choquée, c'est le contenu d'une lettre que j'ai récemment reçue. Elle contenait des photos de Luc et moi à l'hôtel.

— Ça ressemble presque à une mauvaise blague, ironisa Bill.

— Je te l'ai dit, personne ne me croit.

— Mais Luc et toi, c'est vraiment difficile à imaginer. Tu crois que les photos sont vraies ?

— Je ne sais pas. Peux-tu les distinguer ?

— Parfois oui, mais certaines images sont si bien truquées qu'il est presque impossible de déterminer leur authenticité sans logiciel ?

— Je ne me souviens pas avoir rencontré Luc à l'hôtel.

— Alors, les images ont été falsifiées.

— Sais-tu où je peux faire vérifier les photos ?

— Oui, près du commissariat de USF28-30.

— Là où travaille l'inspecteur en chef Luc

— Non. Ce n'est pas ce que je voulais dire. Tu as un papier et un stylo ? Alors, note l'adresse.

— Attends une minute, je regarde dans mon sac à main.

Pendant ce temps, Bill réfléchissait.

— Je me demande quel est le lien entre ces photos et ton passé...

— Je me pose la même question depuis le début. Que les photos soient vraies ou non, je me demande aussi pourquoi elles m'ont été envoyées.

Bill se tut. Il en savait aussi peu que Berta mais il avait un mauvais pressentiment au creux de l'estomac.

— Il y a autre chose, poursuivit Berta. Ces derniers mois, Luc et Lea m'ont employée comme baby-sitter. Il y a quelques jours, Lea m'a demandé de l'accompagner à l'hôpital B1 pour récupérer les résultats du test de paternité de David.

— Le fils de Luc et Lea ?

— Oui, exactement. Du moins, c'est ce que je pensais.

— Qu'est-ce que tu sous-entends ?

— Tu as dû entendre parler de l'échange de bébés à la clinique Baby Born, non ?

— Oui, bien sûr. Son propriétaire s'appelait Duc, elle est maintenant fermée. Tu parles bien de cette clinique ?

— Celle-là même. C'est là que mon enfant est né. Je dis mon enfant et non mes jumeaux, parce qu'à l'époque je n'avais qu'un seul enfant et je ne savais rien des jumeaux. Toutes les femmes qui ont donné naissance à leurs enfants dans cette clinique le même mois ont été obligées, après une plainte du commissaire en chef et une requête du tribunal, de se faire enregistrer chez le Dr Albert de l'hôpital B1. Lors de cet enregistrement, un échantillon de sang de la mère et du bébé devait être prélevés. De plus, il y avait quelques tests auxquels toutes les mères et tous les bébés devaient se soumettre pour que le médecin responsable puisse comparer les données à tout moment et assigner les bébés à leurs parents biologiques. Curieusement, j'étais la mère de David et non Lea.

— Les surprises ne cessent pas, hein ? constata Bill sèchement.

— Oui, on peut dire ça.

Bill formula les mots qui suivirent avec beaucoup de soin. Il avait conscience qu'il marchait sur des œufs.

— C'est étrange. D'une part, tu apprends que l'enfant de Lea est en fait le tien et d'autre part, tu te fais prendre en photo dans un hôtel avec son mari.

— Je n'ai jamais fait quoi que ce soit d'intime avec Luc !

— Calme-toi, Berta. Même si les autres ne te croient pas, moi je te crois. Je ne peux pas expliquer pourquoi, mais je te crois.

— Je te remercie. Ça signifie beaucoup pour moi.

Bill s'enveloppa dans le silence. Il se demandait s'il devait parler à Berta du coup de fil qu'il avait reçu ce matin. C'était beaucoup trop de coïncidences à la fois.

— Je sais ce que tu dois ressentir, dit-il finalement. On m'a appris ce matin que j'étais le père d'une fille que je ne connaissais pas du tout.

— Hahahaha. Super blague !

— Je suis sérieux. Comment pourrais-je plaisanter dans ta situation actuelle ?

— Et comment le sais-tu ? demanda Berta avec scepticisme.

— Je suis censé être le père d'une petite fille qui agonisait à l'hôpital. La presse avait déclaré qu'elle avait un besoin urgent d'un don de sang et que ses parents n'étaient pas compatibles. J'ai alors décidé de donner du sang et de sauver une vie. Mais tout était anonyme. Personne ne devrait savoir que c'est moi qui avais donné du sang. Le médecin m'a assuré qu'il ne transmettrait pas mes données.

— Je ne savais même pas que je parlais à un héros au téléphone, plaisanta Berta. Et la fille a-t-elle pu survivre grâce à ton don ?

— Oui. Le Dr Albert m'a remercié. Il m'a aussi dit que la fille était mon enfant biologique. Maintenant, tu connais l'histoire. Et si tu ne me crois toujours pas, on peut aller voir le Dr Albert ensemble et avoir la confirmation.

Silence à l'autre bout du fil.

— Tu es toujours là, Berta ?

— Comment s'appelait le médecin ?

Dr Albert de l'hôpital B1 ?

— Oui, exactement.

Pourquoi poses-tu cette question horrifiée ?

— Je suis juste curieuse, comme la plupart des femmes, tenta Berta, mais sa voix tremblait.

Quand est-ce arrivé exactement ?

— Il y a quelques semaines, répondit Bill.

Berta se figea et garda le silence.

— Tu es toujours là ? s'assura Bill.

Elle suffoqua.

— On peut se voir ?

— Bien sûr. Pourquoi pas ?

— Je veux dire tout de suite !

— Je préfère demain, j'ai encore quelques choses à faire à la maison.

— Désolée, hésita-t-elle. C'est vraiment urgent.

Bill écarquilla les yeux :

— De quoi s'agit-il ?

— Je ne veux pas en parler au téléphone. Mais si tu n'as pas le temps aujourd'hui, j'attendrai demain.

Bill se frotta nerveusement le nez :

— OK. Alors on se voit aujourd'hui. À quelle heure et où ?

— Aussi vite que possible. Je t'enverrai l'adresse par SMS.

— D'accord.

— Je te remercie. À plus tard.

Bill posa son portable sur la table devant lui. Il faisait des allers et retours agités dans son fauteuil.

Il spécula sur le contexte de cette rencontre inopinée avec Berta : « Qu'est-ce qui pourrait être si urgent ? Y a-t-il un lien avec mon don de sang à la clinique ? Ou veut-elle reparler de mon tatouage et de Mark Dabrator ? »

Il se serrait les coudes. « Est-ce qu'elle veut me parler d'un lien possible entre le Dr Albert et le groupe MD ? Après tout, c'est le seul sujet qu'elle jamais ait abordé lorsqu'elle voulait me rencontrer en urgence. » Enfin, il se prépara et se mit en route.

7.

Bill arriva un peu plus tôt à l'adresse convenue. Berta avait suggéré une rencontre dans un bar tranquille. Il commanda un jus à base de pomme, melon, orange et mangue. « Maman avait raison. Ce mélange de fruits est vraiment un baume pour l'âme », dit-il après quelques gorgées.

Bill attendait Berta en consultant son smartphone lorsque deux étranges femmes s'approchèrent de lui :

— Pouvons-nous nous joindre à vous ?

Bill fronça les sourcils.

— Je suis désolée. J'ai un rendez-vous.

— Allez, juste un verre de vin ?

Bill se gratta la barbe et observa les femmes. Elles étaient à peine vêtues : la moitié des fesses était visible et leur soutien-gorge était transparent. Elles empestaient l'alcool et la cigarette.

— Peut-être une autre fois, concéda-t-il en souriant.

— Mais nous voulons mieux vous connaître. La dernière fois était trop courte.

Bill regarda les femmes, confus.

— On s'est déjà vus ?

— Bien sûr. Il y a environ un an, répondit l'une tandis que l'autre cherchait quelque chose sur son smartphone.

Pensif, Bill ferma les yeux un instant.

— Vous devez confondre. *Pas étonnant ! Quand on est ivre et probablement drogué, tout se ressemble*, songea-t-il.

— Regardez cette photo, ordonna *la femme en lui collant son smartphone sous le nez.*

— Vous êtes l'homme à droite, n'est-ce pas ? affirma l'autre femme.

Bill n'en croyait pas ses yeux. Les oreilles lui bourdonnaient.

— Luc, Berta et moi sur une seule photo, chuchota-t-il.

— Luc et Berta. C'est le nom de vos deux amis ? s'enquit la femme.

— Oui ! Où et quand était-ce ?

— Dans l'hôtel *MD*, à quelques mètres du Beach Club. Nous travaillions à proximité.

— Où exactement, si je peux me permettre ?

— Au Beach Club. On boit ensemble maintenant ?

Bill vit Berta entrer.

— Je suis désolée. J'aimerais vous offrir deux verres de vin, mais seulement si je peux avoir vos coordonnées ?

— Bien sûr ! Voici notre carte de visite.

— Je vous remercie.

Bill glissa la carte dans son portefeuille et salua les femmes. Peu après, Berta prit place à côté de lui.

— Bonjour, Bill. Désolée pour mon retard. Je ne m'attendais pas à un tel embouteillage.

— Bonjour, Berta, pas de problème. De quoi veux-tu me parler de façon si urgente ?

— De ton don du sang.

Bill la vit sortir un article de journal de son sac à main.

— Regarde la photo, dit Berta.

— Et alors ?

— C'est de ça dont tu parlais, n'est-ce pas ?

— Exactement. J'ai donné mon sang à cette fille.

— Et récemment, le Dr Albert t'a dit qu'elle était ta fille.

— Oui. Qu'est-ce que ça peut te faire ?

— C'est aussi ma fille !

Le cœur de Bill se serra :

— Attends une minute, tu es sérieuse ?

— Oui. Beyonce est notre fille.

Bill secoua la tête avec incrédulité :

— Beyonce est la fille de Luc.

— Non. Quand il a voulu donner son sang, il s'est avéré qu'il n'était pas le père biologique de Beyonce.

Bill ne savait que dire. Le choc était si grand qu'il se leva, régla sa note et quitta le snack-bar sans un au revoir. Berta prit son sac et le suivit jusqu'à son taxi.

— Attends une minute, Bill !

— Quoi encore ?

— Je suis aussi surprise et choquée que toi. Je ne sais pas si je souffre d'une perte de mémoire, mais je ne me souviens pas non plus de t'avoir rencontré avant la séance chez le Dr Lisa.

— Moi non plus, mais c'est certainement vrai.

— Comment le sais-tu ?

— Peu avant ton arrivée, deux femmes étaient avec moi. Elles m'ont montré une photo de nous trois : Luc, toi et moi.

Berta prit une brève inspiration :

— Quand et où était-ce ? s'enquit-elle.

— D'après les femmes, à l'hôtel *MD*, il y a environ un an.

— Si c'est vrai, alors les photos que j'ai reçues le sont aussi : elles viennent aussi de l'hôtel *MD*.

— Tu parles des photos de Luc et toi ?

— Oui.

Mais pourquoi aucun de nous ne s'en souvient ?

— Bonne question !

— Est-il possible d'effacer certains souvenirs ?

— J'en ai déjà entendu parler dans mon enfance. Mon père disait qu'il y avait un groupe dangereux qui était particulièrement doué pour ce genre de choses et qui les pratiquait le plus souvent à des fins égoïstes.

— On dirait Mark Dabrator.

— C'est ce que je pensais. Mais pour l'instant, je n'arrive pas à bien réfléchir. Je dois rentrer, me reposer un peu.

— Je comprends. Contacte-moi quand tu en auras de nouveau la force et le désir.

— OK. Je te remercie pour ta compréhension.

Il serra Berta dans ses bras, monta dans son taxi et retourna chez lui.

**

Perturbé, il put insérer sa voiture en toute sécurité dans la circulation. « J'ai une fille ? Comment est-ce possible ? Je pensais qu'après la destruction de ma famille, je n'avais plus aucun parent. » Un grand coup de klaxon l'arracha à ses pensées. Effrayé, il regarda autour de lui, et remarqua que la voiture derrière lui recommençait à klaxonner. Le feu de circulation était passé au rouge « Merde », dit-il tout haut. « C'est quoi ce bordel ? »

Un sourire illumina brièvement ses yeux. « La nouvelle est une surprise. Mais la pensée en elle-même est belle. Tout homme ne peut que souhaiter avoir un enfant avec une femme aussi aimable que Berta. »

Il alluma une cigarette. « *Le seul problème, c'est si l'homme derrière le meurtre de toute ma famille l'apprend. Il détruire tous les membres de notre famille.* » Le feu redevint vert.

Bill accéléra aussi fort qu'il le put et repartit, sa voiture crissant. « *Je ne suis en vie que grâce à la protection de ce groupe secret auquel j'appartiens depuis leur dernière tentative de meurtre à mon égard. Dois-je en informer Berta ? Comment pourrais-je justifier autrement le fait que je laisserais la fille être protégée pendant un moment ?* »

Il prit une grande inspiration. « *Selon l'accord original, personne ne doit savoir que j'appartiens à ce groupe. Que faire ?* » Bill tourna à droite, à quelques mètres de son appartement. « *Il se peut que l'ennemi de ma famille l'apprenne et veuille faire du mal à mon enfant. Luc est certes policier, mais ces gens-là ne se laissent pas impressionner. Je dois parler d'urgence à Luc et Berta. J'ai l'impression que quelque chose pourrait bientôt arriver à ma fille.* » Arrivé, Bill se gara et resta assis dans sa voiture un certain temps, immobile, à se mordre les lèvres. « *Je dois d'abord parler au chef de mon groupe. Elle connaît très bien Mark Dabrator et ses partenaires. Peut-être qu'elle aura un bon conseil pour moi.* »

8.

C`était tôt le matin. Les oiseaux gazouillaient et les premiers rayons de soleil brillaient dans la chambre de Berta. Elle inspira et expira profondément, puis posa son tapis de couchage sur le côté, prit sa bouteille et une grande gorgée d'eau. Elle n'avait pas faim, mais pour des raisons de santé, elle devait manger quelque chose.

Ces derniers jours, elle souffrait trop de perte d'appétit et par conséquent, de perte de poids. Elle porta sa main à son front. Si elle ne mangeait pas rapidement, elle allait s'évanouir, elle en était consciente. Le médecin lui avait recommandé un aliment pour calmer son anxiété. Mais elle n'avait plus envie de chocolat. Elle voulait des fruits, sauf des bananes. Elle ouvrit le frigo pour voir ce qu'il y avait, saisit un poivron. Cela pourrait l'aider à réduire sa fatigue. Puis elle prit un couteau à légumes et le coupa en petits morceaux. Son esprit ne cessait de vagabonder : elle se blessa avec le couteau.

Elle pansa sa blessure et s'assit sur une chaise.

Quel genre de mère était-elle ? Elle s'inquiétait des repas bizarres et s'inquiétait pour sa santé. Mais qu'en était-il de ses enfants ? Se portaient-ils bien ? Comment savoir si Lea était gentille avec eux, puisqu'il était clair qu'elle était la mère des jumeaux ? Devrait-elle plutôt aller voir Lea ? D'un autre côté, elle ne la laisserait certainement pas entrer. De l'autre, l'amour pour ses enfants ne valait-il pas la peine d'essayer ?

« Oui, oui, oui, oui », se convainquit Berta. Elle mangea quelques morceaux de poivron et quitta la cuisine.

Elle se brossa et les cheveux à la hâte. Puis elle mit ses chaussures et alla chez Lea. Sur le chemin, elle se mit à imaginer différents scénarios de rencontre.

« Je suis sûre que Léa sera furieuse quand elle me verra. Elle m'accusera encore de venir voir son mari. Eh bien, je m'en fiche ! Elle peut continuer à m'insulter. Si mes enfants vont bien, alors je rentrerai chez moi heureuse.

Mais que faire si elle ne me permet pas de voir les enfants ? » Berta sentait le désespoir monter en elle. « *La violence contre Léa est hors de question. Lea pratique les arts martiaux... Au moins, je pourrais porter plainte* », pensa-t-elle.

« Nous sommes arrivés à destination », dit le chauffeur de taxi.

Tandis qu'elle s'approchait de la porte d'entrée de Lea et Luc, le cœur de Berta battait à tout rompre dans sa gorge.

9.

Elle se tenait devant la porte d'entrée de Lea. Elle posa sa main sur la sonnette et hésita, quelques instants, qui lui parurent interminables.

« Allez, Berta. Tu peux le faire ! L'amour pour tes enfants surmonte tous les obstacles. » Après s'être convaincue d'agir, elle a finalement appuyé sur la sonnette.

> ➤ Oui ? Luc a répondu en utilisant le kit mains-libres.

> ➤ Bonjour Luc. C'est moi, Berta.

Luc déverrouilla la porte en appuyant sur un bouton. Puis, il cligna des yeux, violemment.
> ➤ Bonjour Berta. Qu'est-ce que vous faites ici ? Je

croyais que Lea vous avait renvoyée.

Berta était silencieuse. Ses yeux se sont soudainement emplis de larmes.

- ➢ Oui. Puis-je voir mes enfants un instant, s'il vous plaît ? Dit-elle enfin d'une voix cassante.

- ➢ Je suis désolée. Je ne peux pas vous le permettre pour l'instant

- ➢ Qu'est-ce que ça veut dire ?

- ➢ En fait, je ne suis à la maison que parce que Lea me l'a demandé ce matin. Elle a dû aller chez le médecin. Comme nous n'avons pas encore une autre baby-sitter, je dois m'occuper des enfants jusqu'au retour de Lea. Si elle vous trouve ici, je ne peux vraiment rien garantir.

- ➢ S'il vous plaît, juste un instant.

Il regarda l'horloge et se frotta les cheveux.

- ➢ Bien. Mais s'il vous plaît, dépêchez-vous.

- ➢ Merci ! Vous avez une belle âme, lui dit-elle.

Elle s'est alors précipitée dans le salon avec un large sourire, car les bébés étaient allongés sur leur natte étendue sur le tapis.
Luc observait à courte distance à quel point les jumeaux étaient heureux de pouvoir jouer avec elle. Elle chantait la chanson préférée des enfants. Luc s'approcha du petit groupe en silence.

Il était touché par l'atmosphère que Berta avait su créer en si peu de temps. Le large sourire sur son visage et le babil léger des enfants, qu'ils émettaient avec joie, illuminaient ses yeux humides.

Il avait tellement apprécié le moment qu'il en avait oublié le temps. Quelqu'un venait d'ouvrir la porte. Luc prit une grande respiration.

> ➢ Berta… ma femme est de retour.

Mais. Avant que Berta ne puisse répondre à quoi que ce soit, Lea était déjà dans l'appartement. Ce fut le silence.

Lea, ôtant ses chaussures, reconnut immédiatement celles de Berta.

> ➢ Que font ces chaussures ici ?

Lea se précipitait déjà dans le salon en hurlant. Au moment d'y entrer, on n'entendait plus que le murmure des enfants.

Luc s'était figé, et…se frottant à nouveau ses cheveux, il sourit à sa femme, gêné. Berta se leva sans commentaire et dit adieu aux enfants avec un sourire à la fois triste et glacial.

Lea était stupéfaite. Elle se sentait comme dans un cauchemar.
Elle s'arrêta à l'entrée du salon et regarda la situation avec des battements de cœur affolés.

> ➢ Super ! Aussitôt parti, c'est suffisant pour la

voir ! Dit Lea.
Sa voix avait presque roulé dans un souffle rauque.

> S'il vous plaît, ne recommencez pas, implora Luc.

> Reste calme, là, pour l'instant !

> Quoi alors ? Il a raison, après tout. Vous nous accusez de quelque chose qui n'est pas vrai du tout, s'est soudainement défendue Berta.

> Excusez-moi, Madame. La Berta soi-disant calme fait déjà beaucoup de bruit, hein ?

> Et comment puis-je prouver mon innocence si je me tais ? poursuivit Berta.
> Eh quoi ? C'est moi qui suis coupable, alors ? Les médecins qui depuis plusieurs années ont confirmé que vous avez eu un enfant ensemble sont-ils soudainement stupides ? Est-ce une pure coïncidence que nos enfants aient presque le même âge ? répondit Lea.

Tout son corps bouillait de rage à l'intérieur. Elle a serré les poings plusieurs fois et les a ouverts à nouveau. Elle ne voulait surtout pas effrayer les enfants ou les blesser involontairement. Ses yeux se sont remplis de larmes. Elle regarda brièvement Luc avec, au coin de sa bouche, un signe de dédain. Puis elle se tourna vers Berta avec des yeux flamboyants.

> Tu dis à tout le monde combien tu as été triste ces trente dernières années. Est-ce peut-être parce que tu n'as jamais pu ressentir de l'amour

? Ou bien l'amour a-t-il justement peur de toi ?

- Tu n'as pas besoin de m'insulter. Je n'ai pas choisi mon destin. Et pourquoi l'amour devrait-il avoir peur de moi ? Je n'ai jamais fait intentionnellement de mal à personne !

- Mais tu l'as fait. Sais-tu ce que mon mari représente pour moi ? Non, bien sûr que non !

- Je le jure, je n'ai jamais rien passé avec ton mari, répéta Berta à haute voix.
- Il est là après tout. Demande-lui, a-t-elle ajouté.

- Combien de fois devrais-je te le dire ? Berta et moi n'avons jamais rien eu d'intime entre nous, intervint Luc dans la conversation.

Lea, maintenant, fermait à moitié les yeux.
- Pourquoi est-ce que je m'inflige ça ? Cette conversation est une torture pour mes nerfs. Berta, s'il te plaît, quitte ma maison immédiatement et ne reviens jamais !

- Je ne reviendrai jamais si tu me disais où je pourrais voir mes enfants dans le futur.
- Ce n'est possible qu'après une décision de justice. D'ailleurs, cela ne sera possible que lorsque la clinique me rendra mes enfants biologiques. Si Geo est l'un d'eux, trouve-le ! Ce n'est qu'alors que la procédure judiciaire pourra commencer.

- Oui, je m'en suis informé. J'étais chez MixSKids.

- Qu'est-ce que c'est que ça ?
- MixSkids est un tribunal qui s'occupe d'enfants mineurs, a brièvement expliqué Luc à sa femme.
- Exactement. Et si tu me refuses le droit de voir mes enfants, je porterai plainte là-bas, a menacé Berta.
- Devrais-je avoir peur à cause de ça ?
- Tu devrais y réfléchir !

Lea accusa le coup, mais ne répondit rien. Elle ouvrit la porte de l'appartement et demanda à Berta de quitter à nouveau l'appartement d'un geste de la main.

Puis, aussitôt, Lea avait emmené les enfants à la crèche.

Luc, quant à lui, a quitté l'appartement pour aller travailler.

10.

Après sa dispute avec Lea, Berta est rentrée directement chez elle. Elle a simplement ignoré les insultes que Lea lui avait adressées, pour se concentrer sur l'amour pour ses enfants et sur ce qu'elle devrait faire pour eux. Comme Lea l'a dit, elle ne voulait pas s'engager dans une solution pacifique.

Du moins, pas sans un ordre formel du tribunal. Elle s'assit, et se mit à se ronger les ongles. « Eh bien. Si elle veut clarifier cela par des moyens judiciaires, qu'il en soit ainsi. Ce sera certainement un combat difficile », pensa-t-elle.

Elle se pencha en arrière et fronça légèrement les sourcils. Il faudrait peut-être demander de l'aide. Mais qui pourrait l'aider ? Les pères pourraient également apporter leur contribution ! Luc pourrait être très utile en tant que flic expérimenté, après tout, mais sa femme va certainement l'arrêter.

Ou pas du tout ? David est aussi son fils.

Mais Berta était plus inquiète encore pour Beyonce. Après tout, elle n'avait pas le droit de vivre avec un parent naturel. Peut-être qu'elle devrait en parler à Bill ? Ce serait certainement logique. Mais avant cela, elle devait en apprendre davantage sur lui. Quel genre de personne était-il ? Sa fille pourrait-elle être en toute sécurité entre ses mains ?

Après tout, il y avait le tatouage « Mark Dabrator » sur son dos.

« Et s'il appartient à ce groupe ? Se pourrait-il qu'il fasse semblant d'être mon ami pour avoir plus facilement accès à mon intimité et pour kidnapper ma fille plus tard plus facilement ? » pensa Berta.

Elle réalisa qu'elle avait besoin d'en savoir plus sur Bill.

La seule question pour le moment était de savoir qui

pouvait l'aider. Elle ne pouvait certainement pas se payer un détective privé. Elle mit sa tête entre ses mains et se massa longuement.

Prenant un paquet de noix dans son sac à main, elle l'ouvrit, saisit une noix, et le craquement que fit la noix dans sa bouche, annonçait la prochaine question.

« Comment puis-je en savoir plus sur Bill ? Devrais-je peut-être faire semblant de l'aimer afin d'obtenir plus rapidement des informations privées de plus grande importance ? »

Soudain, ses joues étaient devenues chaudes. Elle fixait le plafond.

« Non. Ce serait immoral. »

Récemment, Lea l'a accusée de ne pas apprécier l'amour. Si elle faisait ça avec Bill maintenant, Dieu serait d'accord avec Lea.

Soudain, elle afficha sur ses lèvres un mince sourire.

« Maintenant je sais. Oui ! Le docteur Petra pourrait m'aider. Elle en sait certainement plus sur Bill que moi, j'avais déjà eu ce sentiment lors de notre dernière conversation. Je dois l'appeler dès que je suis à la maison. J'espère qu'elle pourra me dire quelque chose d'important. »

11.

Environ une semaine plus tard, Berta et le Dr Petra se sont rencontrées à l'extérieur de la clinique, après une conversation téléphonique, afin de convenir d'un rendez-vous le plus discret possible. Berta est arrivée à vélo. En descendant, elle a vu le Dr Petra debout dans un coin sombre d'une rue latérale, apparemment très tranquille. Elle regarda autour d'elle pour s'assurer que personne ne la surveillait. Puis elle accouru vers le Dr Petra. Quand elle arriva auprès d'elle, elle était tout essoufflée. Le Dr Petra n'a rien dit et lui a immédiatement indiqué qu'elle devait se taire. Elles se sont dirigées vers le restaurant d'à côté ensemble.

Arrivées là, Berta put enfin dire.

- ➢ Merci d'avoir pris le temps de me rencontrer.
- ➢ Pas de problème. J'ai été très surprise par votre appel, mais je devine quel est le problème et pourquoi nous nous rencontrons.

Berta haussa un sourcil, marquant son étonnement. Au téléphone, elle avait juste dit au Dr Petra que c'était urgent. Elle n'avait pas osé parler directement de la raison réelle de sa rencontre. Au début, elle n'avait mentionné que ce que le Dr Petra soupçonnait déjà probablement.

- ➢ C'est à propos des jumeaux.
- ➢ C'est ce que je pensais, dit-elle sèchement.

Pendant un moment, les deux femmes se sont tues, avant que le Dr Petra ne brise le silence.

- ➢ Je ne peux pas vous en dire plus, non plus. Vous savez déjà que les jumeaux sont de deux pères différents. Mais je ne peux pas vous aider à trouver les pères. Mon secret médical ne me le permet pas.
- ➢ Ce n'est désormais plus mon problème, dit brièvement Berta.
  Je sais déjà qui sont les papas.

Le Dr Petra leva les yeux.

- ➢ Puis-je vous demander où vous avez eu cette information ?
- ➢ Je l'ai entendu par hasard lors d'un coup de fil.
- ➢ Oh, et bien évidement vous savez qui sont vos enfants ?
- ➢ Bien sûr ! David et Beyonce.
- ➢ Luc est donc le père, demanda le Dr Petra avec un visage figé.

Ne vous méprenez pas : je vous le demande parce que mes collègues ont fait un test de paternité pour David, après l'incident avec Beyonce, et... à la demande de Luc. Et c'était positif.

Tout se déroulait exactement comme Berta l'avait souhaité. Finalement, elle a eu une bonne occasion de mentionner le nom de Bill dans la conversation.

- ➢ Oui, Luc est le père de David et Bill est le père de Beyonce.
- ➢ Bill, le chauffeur de taxi, demanda-t-elle dans un souffle.

Mais, un muscle sur son visage a tremblé.

- ➢ Vous le connaissez ?

Le Dr Petra alluma à nouveau une cigarette avec les doigts tremblants et prit une grande respiration.

- ➢ Peu importe que je le connaisse ou pas, dit-elle finalement, après un moment d'hésitation.

- ➢ Ce n'est pas la première fois que vous vous comportez, disons... Bizarrement quand je parle de Bill.
- ➢ Comme je vous l'ai déjà dit : J'ai eu de mauvaises

> expériences par le passé avec quelqu'un appelé comme ça.
> Hum, dit Berta.
> Comment savez-vous que l'information est vraie ? Avez-vous déjà fait confirmer votre demande par un médecin ?
> Ce ne sont pas vos affaires, répondit Berta, soudainement en colère.
> Si vous ne voulez pas répondre à mes questions, je ne vois aucune raison de répondre aux vôtres. A deux, on ne peut jouer à ce jeu.
> Attendez une minute. Vous m'avez demandé de vous rencontrer. Je suis venue ici pour vous aider, pas pour parler de ma vie privée.
> Exactement. Et si vous avez des informations sur Bill que je n'ai pas encore, il serait très utile que vous les partagiez maintenant avec moi.

Le Dr Petra prit alors une grande inspiration, pour finalement déclarer :

> Vous l'avez déjà dit !

Berta croisa les bras sur sa poitrine, comme un signe de colère.

« Chaque fois que je lui parle de Bill, son langage corporel change. Elle semble paralysée un instant. Et aussi, elle me demande de baisser le ton, comme elle vient de me l'indiquer par son geste », se dit Berta.

> Pourquoi faites-vous ce geste quand je parle de Bill ?
> J'ai déjà répondu à ça. C'est tout ce que je peux dire.

Le Dr Petra tira une dernière fois sur sa cigarette, l'écrasa sous son talon puis se retourna, et s'en alla.

- ➤ Qu'est-ce que vous faites ? demanda Berta avec horreur.
- ➤ À quoi cela ressemble-t-il ? Répondit la gynécologue sans même la regarder.
- ➤ Nous n'avons pas encore fini, dit Berta, alors qu'elle l'avait rejoint et marchait à côté d'elle.
- ➤ Si, nous avons fini. Au début, je pensais que vous aviez besoin d'aide. Mais maintenant je sais que tout ce que vous voulez, c'est aller fouiner dans ma vie privée.

Berta lui bloqua le passage.

- ➤ Excusez-moi. Si je vous ai pressé avec ma question, ce n'était pas intentionnel. J'ai peut-être réagi de façon excessive. S'il vous plaît, laissez-moi continuer la conversation.
- ➤ D'accord, dit finalement Dr Petra, après quelques instants de réflexion.
   Mais faisons-le rapidement. Alors, avez-vous des preuves médicales ? Bill est vraiment le père ?
- ➤ C'est l'inconnu qui a donné du sang quand Beyonce était à l'hôpital B1.
- ➤ Je comprends. Si vous savez déjà tout cela, comment puis-je vous aider ?
- ➤ Je voulais savoir comment c'était possible. Comment puis-je avoir des jumeaux de deux personnes différentes ?

- ➤ Il m'est également très difficile de répondre à cette question. Je crains que vous deviez attendre encore un peu. Nous trouverons bientôt la bonne réponse".
- ➤ Vous avez l'air sûr de vous ! Vous en savez plus ?

Dr Petra hésita.

> J'ai un indice, dit-elle.
> Mais je vous demande de bien vouloir accepter le fait que je ne peux encore rien vous dire.

Elle plaça ses sourcils qui formaient maintenant deux traits rectilignes. Elle semblait inquiète.

> Avez-vous trouvé autre chose à la clinique que je ne connais pas ?
> Oui. J'ai lu quelques articles du Dr Anne. Je pense qu'elle voulait bien faire.
> Ah oui ? C'est ce que je pensais au début. Mais maintenant, je ne suis plus sûre de rien. Elle ne m'a pas contacté et le numéro de smartphone qu'elle m'a donné n'est plus valide.
> Elle m'a appelé.
> Et pourquoi pensez-vous qu'elle voulait bien faire ?
> Je ne peux pas dire grand-chose, mais elle a dit que vos bébés étaient très attendus et devaient être adoptés ou livrés après la naissance.
> Livrés ? Mais à qui alors ? Demanda Berta, effrayée.

Dr Petra rit.

> Vous pouvez, mieux que moi, répondre à la question vous-même !

Berta remarqua que le sac à main du Dr Petra était légèrement ouvert. À ce moment-là, le médecin jeta un coup d'œil à l'intérieur, puis regarda Berta de façon intensive comme si elle cherchait à la comparer à quelqu'un.

> Est-ce que vous m'écoutez ? demanda-t-elle, Qu'est-ce que vous faites ?

Sans commentaire, le Dr Petra referma son sac à main, sortit son téléphone portable de sa veste et expliqua à Berta, par-dessus son épaule alors qu'elle s'éloignait déjà :

> Donnez-moi quelques minutes, je dois passer un coup de fil. Je reviens tout de suite.

12.

Il n'a fallu environ sept minutes au Dr Petra pour revenir. Berta le savait parce qu'elle avait estimé le temps.

> Qui vous a apporté de la nourriture quand vous viviez dans la rue et que vous étiez enceinte, demanda soudainement le Dr Petra alors qu'elle se tenait de nouveau devant elle.

Berta se fâcha. C'était incroyable la façon avec laquelle la femme la traitait ! D'abord ce langage corporel étrange et les réponses évasives et maintenant cette façon, cette audace !

> Aucune idée. Qu'est-ce qui vous fait penser cela ? Gémit Berta.
> Soyez honnête ! Qui vous a donné une chambre après le troisième mois où vous avez vécu sans avoir à payer de loyer ? Et sans avoir à acheter de la nourriture ou autre chose ? Dans un village où il n'y a presque pas de voisins et pas de commerces ? Pourquoi avez-vous prétendu avoir passé votre grossesse dans la rue ? Vous pouvez mentir, mais vous ne pouvez pas vous mentir à vous-même ! Ou bien ?

Le cœur de Berta palpita soudain plus vite.

> Comment savez-vous tout ça ?

> Ce n'est pas important pour le moment. Le plus important, c'est que celui qui vous a aidé poursuit probablement un but.
> Le Dr Anne savait-elle la même chose ?
> Je ne sais pas exactement.

Berta transpirait des mains. Au lieu de sortir un mouchoir de la poche de son pantalon et d'essuyer cette soudaine moiteur froide, elle s'essuya discrètement les mains sur son pantalon. Elle s'est soudain sentie comme paralysée.

> Vous allez bien ? Demanda le Dr Petra.
> Oui. Oui, je vais bien.

Le mobile du Dr Petra se mit à sonner. Elle le sortit de la poche de sa veste, regarda brièvement l'écran et appuya sur un bouton. Mais, resté silencieux, elle le remit dans sa poche, en le laissant glisser.

> Malheureusement, je dois y aller, dit-elle.

Berta, après avoir essayé de se ressaisir, lui répondit :

> Merci pour votre temps.
> Au revoir.

13.

Tout comme Berta, Sebastian se souciait aussi beaucoup de sa fille Lea. Il appuya sur la sonnette du Dinkelweg 51, sa main droite souffrait déjà du poids de la mallette, mais il ne la posa pourtant pas, mais tint encore plus fermement la poignée.

Chris lui ouvrit.

- ➢ Sebastian, cria-t-il de bonne humeur. C'est bien que tu sois là !
- ➢ Merci, mon frère, répondit-il en souriant et suivit immédiatement Chris dans l'appartement.

Ce n'est que lorsqu'ils furent dans la cuisine que Sébastien posa son bagage et lui tendit la main.

- ➢ Comment vas-tu ?
- ➢ Pas si bien que ça et toi ?

Chris répondit avec un sourire tordu et proposa à Sebastian de s'asseoir à la table.

- ➢ Que puis-je t'offrir ? Eau, thé ou café
- ➢ Un verre d'eau fraîche. Ça me fera du bien après la chaleur dehors.

Chris lui tendit le verre et s'assit en face de lui. Il le regarda avec anxiété.

- ➢ Tu as l'air bien différent aujourd'hui, tu n'es pas… comme d'habitude !

Sebastian n'a pas répondu. Ils savaient tous les deux que la situation dans laquelle ils se trouvaient était tout sauf ordinaire.

- ➢ Ta valise est presque aussi grande que ma table, plaisanta Chris.
- ➢ A juste titre. Elle contient beaucoup de choses.
- ➢ Puis-je en savoir plus sur le contenu ?
- ➢ Ne t'inquiète pas, ce n'est pas une bombe.

Chris sourit et répondit.

- ➢ C'est bien que tu n'aies pas perdu ton sens de l'humour malgré la tension émotionnelle.
- ➢ Tu crois vraiment ?
- ➢ Oui.
- ➢ Amusement à part. La valise contient les détails des mesures de sécurité que je t'ai suggérées lors du dernier entretien.
- ➢ Oui.

Il a ouvert la valise, puis l'a tournée vers Chris, l'invitant ainsi à regarder les documents.

- ➢ Et bien ! Qu'est-ce qu'il y a de si spécial ?
- ➢ C'est un produit que je développe avec une usine de drones. Actuellement, les caméras peuvent prendre de très bonnes photos jusqu'à une distance de cinq cents mètres. Nous construisons également des drones dits "DrohnenH.
- ➢ Qu'est-ce que ça veut dire ?
- ➢ Ce sont des bases pour drones. Les drones en mouvement peuvent y être garés si leur batterie est faible. Il est également possible de transporter et de garer plusieurs caméras. L'un des avantages est que si une caméra tombe en panne à cause du vandalisme, il est possible de la changer plus rapidement. Un autre avantage est la fonction mobile. Par exemple, si nous reconnaissons ma fille sur une vidéo, nous pouvons la suivre. Les drones sont très petits et à une certaine distance silencieux et absolument discrèts.
- ➢ Je suis impressionné, mon frère. Je savais que les drones existent, mais tu m'as à l'instant montré comment on peut les utiliser habilement pour nos enquêtes.
- ➢ J'en suis ravi.

> Mais je dois quand même en parler avec Luc et mon patron Geral. Ce n'est que si Geral est d'accord que nous pouvons les utiliser. Commenta Chris.

Sebastian jeta un regard interrogateur à son frère.

> Comment se passe l'enquête ? Il y a des pistes ? Un cheveu laissé par le kidnappeur ou une empreinte digitale. Quelque chose, tu sais...

Chris s'appuya des deux coudes sur la table de la cuisine.

> Sebastian, maintenant écoute-moi bien, dit-il.

Tu sais que je ne peux absolument rien te dire.

Crois-moi, je sais ce que tu dois traverser pendant tout ce temps, mais s'il s'avère que j'ai trahi notre enquête, je perds mon travail.... Tu le sais !

Sébastien devait à ce moment-là avoir un air de grande déception, aussi Chris enchaîna sans s'arrêter :

Mais je peux t'assurer que nous faisons de notre mieux pour mener à bien cette affaire. Tu sais que tu n'es pas le seul dans cette situation.

> Je n'ai jamais douté que tu ferais de ton mieux, dit Sebastian en ébouriffant dans ses cheveux avec ses deux mains.
> C'est juste l'incertitude qui me rend fou.
> Je sais, mon frère. Je te promets que je ferai tout ce qui est en mon pouvoir pour retrouver ta fille.

Les yeux de Sebastian le brûlaient. Il cligna des yeux et tenta de retenir les larmes qui menaçaient de s'écouler.

> J'apprécie vraiment.

> Et si on allait dans le salon et qu'on allumait la télé ?, dit Chris d'une voix anormalement joyeuse dans le silence.

   Le football devrait commencer maintenant. Tu es fan de foot, n'est-ce pas ? On pourra commander une pizza plus tard et il doit aussi y avoir de la bière dans le frigo !
> Merci, dit Sebastian.
   Mais je pense qu'il vaut mieux que je parte.
> Tu es sûr ? dit Chris.

Sebastian se leva. Il ne supportait plus l'air inquiet de Chris.

> Bien sûr que oui. Merci pour l'eau.

14.

Sebastian entra dans son appartement. Elvira était assise sur la chaise du salon et feuilletait un magazine. Sans savoir véritablement pourquoi, il avait l'impression qu'elle ne faisait que l'attendre.

> Bonjour chéri, dit-elle et se leva.
   Comment s'est passé ta journée ?

Sans la regarder, Sebastian passa devant elle.

> Je ne veux pas en parler.
> Tu étais de nouveau avec Chris, n'est-ce pas ?
Sa voix tremblait.
   Tu as laissé cette chose te rendre complètement fou. Tu te fiches de ce qui nous arrive !

Sebastian s'arrêta. Il se retourna et dit :

- ➢ Cette chose dont tu parles est l'enlèvement de ma fille !
- ➢ Oh chéri ! Je sais combien c'est dur pour toi. Mais il est temps que tu acceptes l'inévitable. Nous avons reçu la lettre il y a sept semaines. Chris a dit que dans tous les cas connus, les personnes n'étaient plus en vie après quatre semaines. Ta fille est...
- ➢ Ma fille est vivante, cria Sebastian.
   Je suis sûr qu'elle est en vie. Je l'aurais senti si quelque chose lui était arrivé !

Elvira le regarda. Sa lèvre inférieure tremblait.

- ➢ Crois-moi, je veux croire autant que toi qu'elle est vivante. Mais peut-être que...
- ➢ Le peut-être n'existe pas, cria Sebastian.

Il savait qu'il criait, mais à ce moment-là, ça lui était tout à fait indifférent.

> Arrête ta drôle de façon de penser ! Il n'y a même aucune preuve que les lettres proviennent vraiment de Mark Dabrator ! Et deuxièmement, si je puis me permettre de te le rappeler, il est également extraordinaire de recevoir une lettre de Mark Dabrator, lorsque l'enfant a été sacrifié. Lorsque nous avons reçu la lettre, nous avons bien été récompensés et ce, immédiatement après la réception de la lettre. Cela signifie simplement que la personne était déjà très satisfaite. La situation était différente pour le Dr Petra et mon frère Chris. Ils ont également reçu une lettre sans aucune récompense.

Elvira se tut. Puis elle dit.

- ➢ Je ne veux pas que tu aies de faux espoirs inutiles.

> On peut toujours compter sur son soutien, dit Sebastian avec sarcasme. Lentement, j'ai l'impression que tu ne te soucies pas du tout de Lea !

Il passa devant Elvira, prit une bouteille de whisky dans le bar, et buvait quelques gorgées directement de la bouteille.

Puis il quitta le salon en direction de sa chambre à coucher.

Il ne s'arrêta qu'une fois devant la porte de la chambre de Lea. Il hésita. Il n'était pas entré dans sa chambre depuis sa disparition. L'idée d'entrer et de ne trouver qu'une pièce vide lui faisait trop mal. Lentement, il poussa la poignée de la porte vers le bas et ouvrit la porte. Il avait besoin d'un moment de concentration avant d'être assez fort pour faire un pas dans sa chambre. Son cœur battait douloureusement. Tout était comme le jour où il y était entré pour la dernière fois.

Toute la pièce sentait son odeur. Il se sentit soudain plus proche d'elle qu'il ne l'avait été depuis longtemps.

Il s'assit délicatement sur son lit.

Il prit son ours en peluche dans ses bras et le serra contre lui. Quand elle était petite, il lui avait acheté cet ours en se promenant dans un magasin. Il se souvenait exactement comment elle se tenait devant la vitrine et voulait désespérément cet ours en peluche et la joie dans ses yeux quand elle l'avait enfin pris dans ses bras.

Il saisit à nouveau l'ourson, l'embrassa sur le nez et le réconforta avec des larmes aux yeux. « Ne t'inquiète pas ! Elle sera bientôt de retour. ».

Puis il l'allongea avec amour dans le petit lit et le recouvrit. Son regard errait sur le mur à côté de son lit, qui était décoré de nombreuses photos.

Sa fille avait accroché plein de photos avec beaucoup de cœur. Sous l'une d'entre elles était écrit : « Tu es le meilleur papa du monde ». Il se souvint de la soirée de son deuxième anniversaire où elle lui avait posé des questions sur sa mère décédée et il lui avait promis d'être toujours là pour elle et de la protéger.

À ce moment-là, il se rendit compte, avec effroi, qu'il lui fit une promesse non tenue. Il regarda par la fenêtre dans le ciel sombre et demanda intérieurement l'aide de Dieu. Puis il s'allongea, épuisé, et s'endormit.

15.

Bill s'est rendu à l'endroit où il avait rendez-vous avec le chef de son groupe secret. Comme l'exigent les lois de ce groupe secret, les deux parties avaient, cette fois-ci encore, honoré leur rendez-vous de manière très ponctuelle. En outre, les membres du groupe avaient été priés de s'abstenir de saluer, et de plus, de ne faire aucune déclaration qui ne soit concluante.

La devise était : « Résumer les choses les plus importantes en un minimum de temps ! »

Bill connaissait déjà la procédure. Il savait déjà où s'asseoir et également qu'il ne devait pas parler avant elle.

> ➢ De quoi s'agit-il ? Commença-t-elle la conversation.
> ➢ A propos de la protection de ma fille.
> ➢ Est-elle en danger ?
> ➢ Selon mon intuition, oui.

- ➤ Où est-elle maintenant ?
- ➤ Chez l'inspecteur en chef Luc et sa femme Lea.
- ➤ Je suis désolée. Mais il nous est impossible de garantir une protection à cent pour cent.

Bill avait les mains agitées.

- ➤ Qu'est-ce que je suis censé faire maintenant ?
- ➤ Amenez-nous la fille ici !

D'effroi, il expulsa un souffle désespéré.

- ➤ Comment cela est-il censé fonctionner ? Je n'ai pas encore officiellement la garde. De plus, je ne connais ni Luc ni Lea en privé pour avoir accès à ma fille.
- ➤ Et sa mère ?
- ➤ Berta. Peut-être qu'elle pourrait voir l'enfant. Mais elle n'accepterait jamais de l'amener ici.

Le chef, dont le vrai nom ne lui était pas non plus connu, ouvrit un tiroir. Elle prit une des centaines de chaînes et la donna à Bill.

- ➤ Qu'est-ce que je suis censé en faire ?
- ➤ Essayez d'accrocher la chaîne autour du cou de votre fille. Par tout moyen, soit personnellement, soit par quelqu'un qui peut le faire à votre place.
- ➤ Puis-je l'utiliser pour la protéger du groupe sans l'amener ici une fois ?
- ➤ Oui, confirma-t-elle avec prévenance.
- ➤ Comment c'est censé marcher ? La chaîne n'a pas de GPS, n'est-ce pas ?"
- ➤ Non. A cet âge, le GPS peut être dangereux pour l'enfant. Les GPS sont également très courants. Donc, c'est aussi très visible. Une véritable protection doit passer inaperçue. La chaîne se compose d'un mélange spécial de matériaux que nous avons développé au fil

des années. Elle n'est connue que de quelques personnes jusqu'à présent.
- Quelle est la particularité de ce mélange ?
- Selon les conditions d'éclairage, la chaîne rayonne d'une couleur différente, qui ne peut être reconnue que jusqu'à deux cent cinquante mètres de distance au moyen de certains lunettes. Notre personnel de sécurité a été formé dans ce but par nos développeurs. Ils ont reçu une formation avec des instructions sur les lunettes à utiliser, ainsi que sur les conditions d'éclairage.
- La chaîne aide donc à localiser l'enfant jusqu'à une distance de deux cent cinquante mètres ? Même quand des vêtements sont par-dessus la chaîne ?
- Oui. Sauf pour les vêtements très mouillés. Mais cela n'arrive presque jamais à un enfant de cet âge.
- Je vous remercie.

C'est ainsi que le plus important fut clarifié. Bill, restant fidèle à la devise du groupe, se leva et quitta la salle sans autre commentaire.

16.

Bill a rallumé son smartphone après avoir parlé au directeur. Il a remarqué qu'il avait manqué quelques appels.

« Pat ? Qu'est-ce qu'il veut cette fois ? Aurait-il encore des informations d'actualité ? »

Bill n'avait pas vraiment la tête à ça après la réunion avec le directeur. Tout le monde voulait toujours quelque chose de lui. Comme souvent, ce grand chauffeur de taxi, qui avait toujours de nouvelles informations.

Mais cette fois, c'est lui qui avait besoin d'informations qui lui permettraient de contacter sa fille. Mais.... Qui pourrait l'aider ? La solution la plus simple, bien sûr, ce serait Luc. Mais il ne participerait certainement pas. De plus, le responsable de son groupe lui avait également expliqué qu'on ne devrait faire confiance à Luc qu'en partie à cause de son passé.

La question que Bill n'arrêtait pas de se poser était de savoir ce que Luc avait bien pu faire pour garder son passé si secret. Mais cela ne comptait pas pour lui à ce moment-là. Berta était sa seule chance. Mais elle fut virée en tant que baby-sitter de ses propres enfants ! C'était une situation délicate.

Il était urgent qu'il pense à autre chose...

« Quelqu'un doit accrocher cette chaîne autour du cou de Beyonce. »

Il laissa sa tête s'enfoncer lourdement entre ses mains.

« Je devrais peut-être rappeler Pat. Après tout, c'est un détective privé et il connaît des astuces. Il pourrait certainement m'aider d'une façon ou d'une autre. »

Bill clôtura brutalement ainsi ses réflexions, s'étant rassuré avec cette conviction nouvelle qu'il venait de se créer.

Il rappela Pat. Comme c'était sa pause déjeuner, se présentait ainsi le moment parfait pour se rencontrer spontanément. Bill trouva un bon endroit, un lieu de chute propice à la discussion qui s'annonçait, et envoya l'adresse à Pat.

Au bout de vingt minutes, lorsque Pat arriva à bout de

souffle, Bill avait déjà commandé trois espressos et était plongé dans une sorte de profonde torpeur. Il espérait que la caféine lui éclaircirait l'esprit, mais au lieu de cela, il sentait la tension qui l'avait accompagné toute la journée se transformer en une nervosité agitée. « Euh… peut-être aurait-il mieux fait de s'en tenir au thé. » Il s'en souviendrait la prochaine fois !

- ➢ Hé Bill ! Désolé pour le retard. Quelque chose d'important est arrivé.

Bill essaya de placer sur les coins de sa bouche quelque chose qu'il espérait faire ressembler à un sourire.

- ➢ Pas de problème ! Comment vas-tu ?
- ➢ Je vais bien et toi ?

Bill resta silencieux un moment. Il avait besoin d'aide, mais il ne voulait pas dire à Pat que Beyonce était sa fille. En revanche, il espérait d'abord apprendre quelque chose d'utile en faisant des détours.

- ➢ Je ne me plains pas. Seuls Chris et Luc sont suspendus à mon cou. Ils veulent me rencontrer tout le temps et ça pourrait être ennuyeux. Dit-il finalement.

Pat acquiesça d'un signe de tête compréhensif.

- ➢ Je ressens la même chose.
- ➢ Est-ce que les deux sont aussi si attachés à toi ?
- ➢ Oui. Il y a quelques jours, j'ai eu une réunion avec eux.
- ➢ Et qu'est-ce qu'ils voulaient savoir de toi ?
- ➢ Beaucoup de choses.
- ➢ Qu'est-ce que ça veut dire ?
- ➢ Ils ont mentionné beaucoup de choses en rapport avec l'enquête en cours. Par exemple, les lettres envoyées par des étrangers aux personnes directement touchées

> après l'enlèvement des enfants.
> Ils m'ont demandé la même chose.
> Ont-ils aussi posé une question sur la vieille dame, et le "liquide approprié" ?
> Oui, ils l'ont fait. Mais qu'est-ce que c'est censé être ? Liquide approprié ?

D'un geste rapide, Pat plaça son index contre ses lèvres, avant de délivrer ses informations.

> Je n'ai jamais entendu parler d'un "liquide approprié", dit-il lentement. Mais...d'un "liquide magique" par contre, oui.

Bill était surpris. Plus que surpris même, car il se souvenait soudain qu'il avait déjà entendu l'expression "liquide magique" en rapport avec son tatouage. Il se souvenait aussi d'un tatoueur qui avait utilisé les mêmes mots, autrefois.

Sur l'instant, il n'avait alors pas compris, et pas plus maintenant !

Soudain, sa curiosité s'est accrue.

> Intéressant. Tu sais ce que c'est ?
> Je ne sais pas.
> Et alors comment es-tu au courant ?
> Un ami de ma mère a utilisé le terme dans une conversation une fois.
> Et comment a-t-elle su pour le fluide magique ?
> Normal...c'est une experte en chimie. Elle a développé de nombreux mélanges et préparations. Beaucoup de liquides aux propriétés différentes".
> Une experte en chimie ?
> Oui. Pourquoi, tu la connais ?

Bill bû une gorgée de son quatrième espresso. Quand il

releva la tête, il avait repris le contrôle de ses traits sur son visage.

- C'est possible.
- Peux-tu faire une description ? Elle était en fauteuil roulant, peut-être ?
- Oui exactement ! s'écria Pat.
- Avait-elle d'autres particularités ? Par exemple une cicatrice de feu à la main gauche ?
- Oui, c'est vrai, dit Pat, encore plus étonné.
- Je le savais, cria Bill,
  C'est Mama Pee.

Pat haussa les épaules.

- Moi, je la connais sous un autre nom, dit-il et poursuivit : Mais toi, tu la connais comment ?
- Avant de commencer à travailler comme chauffeur de taxi, j'étais chauffeur de bus pour personnes handicapées. J'ai effectué plusieurs voyages à l'époque.
- Alors tu sais certainement où elle habite, n'est-ce pas ?
- C'était il y a quelques années. J'ai oublié son adresse privée. Mais je connais toujours très bien l'entreprise pour laquelle elle travaillait.
- Et l'adresse de la société ?
- Je ne le connais pas par cœur. Mais je pourrais trouver mon chemin. A l'époque, il fallait garer sa voiture à cinq cents mètres et continuer à pied.
- Aha. Je comprends. Ce serait bien si tu pouvais nous y emmener. Luc et Chris t'en seront très reconnaissants.
- Pourquoi veux-tu y aller personnellement ? Avec Luc et Chris, je peux le comprendre.
- A cause de ma mère disparue, révéla Pat d'une voix feutrée.

Ses yeux brillaient. Bill fit en réponse une drôle de tête étonnée.
- ➢ Encore ? Tu m'en avais déjà parlé plusieurs fois par le passé. Je croyais que c'était une affaire classée pour toi, après que ton beau-père t'ait dit qu'elle était morte.
- ➢ Non. Je t'ai dit qu'elle avait disparu quand j'étais petit. Quand j'ai terminé ma formation de détective privé, les choses et les évènements à ce propos me semblaient toujours étranges. J'ai donc décidé de continuer mes recherches en secret. J'ai découvert que mon beau-père se nommait aussi Duc. Il est également propriétaire de la clinique où les enfants de Berta et Luc ont été échangés. J'ai aussi appris que de très nombreuses enquêtes sont en cours actuellement contre lui.

Bill, à cette nouvelle, s'en est étranglé.
- ➢ Attends une minute ! Il est le propriétaire de la clinique Happy Baby Born ?

Pat hocha la tête.
- ➢ Pourquoi ?
- ➢ Juste comme ça. Il avait surajouté du pathétisme à son inquiétude.
- ➢ Vas-y raconte.
- ➢ Eh bien, le contexte global de cette histoire, et de mon intérêt pour démêler les zones d'ombres, est que cette experte en chimie était une très bonne amie de ma mère. Je suis sûr que lorsque je la verrai, elle pourra me dire quelque chose d'utile. Elle sait peut-être où je peux trouver ma mère. Mon beau-père prétend que ma mère est morte. Mais où est donc son cadavre ? Je n'ai jamais eu de réponse à ça.

- Maintenant, je te comprends mieux.
- Tu nous conduirais bien à elle, oui ? Ou au moins Luc et Chris ? Ils m'aident aussi dans cette enquête. Chris pense qu'il pourrait y avoir un lien entre la disparition de ma mère et l'échange d'enfants.

Bill réfléchit un instant, et se dit à lui-même :

« Quel intérêt puis-je en tirer ? Si son beau-père est le propriétaire de la clinique Happy Baby Born, il en sait certainement beaucoup. Par exemple, qui est derrière l'organisation de l'échange d'enfants. Peut-être qu'il sait aussi quelles manipulations nous avons subies pour qu'on ne se souvienne plus de nos enfants ! Je pense que ça en vaudra la peine, car je pourrais bien avoir besoin de Pat à d'autres moments et plus tard. »

- Pas de problème, dit-il finalement.
  La semaine prochaine, quand je serai en vacances, on pourra y aller tous ensemble.
- C'est vraiment gentil de ta part.

Le portable de Pat sonna. Il jeta un coup d'œil à l'écran.

- Réponds, dit Bill.
- Ce n'est pas un appel. Juste un rappel de calendrier. J'ai un rendez-vous important bientôt. De toute façon, ma pause déjeuner est terminée.
- Pas de problème. Je suis déjà content que le rendez-vous se soit déroulé si parfaitement.
- Merci, répondit Pat en tendant la main pour lui dire au revoir.

17.

Lorsque Luc entra dans l'appartement ce soir-là et qu'il enleva son manteau, il remarqua immédiatement à quel point Lea avait changé brusquement ses expressions faciales.

« Oh, mon Dieu. Espérons qu'elle ne recommencera pas », se dit-il.

Elle s'assit sur le canapé du salon et bouda. Luc fit semblant de ne pas remarquer son visage sinistre, posa un baiser sur son front et se laissa couler jusqu'au fond des coussins à côté d'elle, où il ouvrit le journal qu'il lit quotidiennement.

> Chérie, ta robe te va à ravir, dit-il légèrement.

Lea tordit le coin de sa bouche.

> Comment s'est passée ta journée ? Poursuivit Luc.

- Très bien, répondit-elle énergiquement.
- Merveilleux !
- J'ai des nouvelles.
- J'espère qu'elles sont bonnes, répondit-il en fouillant dans ses lectures.

- J'ai trouvé une nouvelle baby-sitter.
- Déjà ?
- Eh bien. J'ai un besoin urgent d'aide avec les enfants.
- Quand commence-t-elle ?
- Demain.
- Que sais-tu d'elle ?
- Je ne sais pas plus que toi. Je t'avais déjà envoyé son courriel avec son curriculum vitae.

Luc fit apparaître sur son visage, soudain déformé, des traces de colère.

- ➤ Je t'ai dit que je ne voulais pas d'elle. Qu'y a-t-il de si difficile à comprendre à ce sujet ?
- ➤ Pourquoi pas ? On ne cherche pas un partenaire de flirt pour toi !
- ➤ Laisse tomber ! Je t'ai expliqué qu'elle me rappelle une femme que j'ai rencontrée plusieurs fois pendant une enquête. Elle était souvent suspectée.
- ➤ Oui, mais tu as aussi dit que son nom était différent. Certaines personnes se ressemblent.
- ➤ Tu ne fais que ce que tu veux, grommela Luc.

Il se leva, sortit sa e-cigarette de son manteau et quitta le salon, pour aller vapoter nerveusement.

18.

Le lendemain matin, dès son réveil, le visage de Lea s'illumina.

« Enfin, j'ai à nouveau du soutien ! Après la dispute avec Berta, j'ai longtemps cherché une nouvelle baby-sitter et j'en ai finalement trouvé une. Katy, ce nom a l'air sympa. J'espère que j'aimerai autant son travail que son prénom. »

Les jumelles soudainement hurlantes ont arraché Lea à ses réflexions. Elle changea rapidement les couches et nourrit les enfants. Elle regarda l'horloge.

« Où est-elle ? Elle a déjà dix minutes de retard. »

 Ses paumes devinrent moites. « Pour un premier jour, elle ne fait pas bonne impression ! En fait, je dois me rendre au travail au plus vite. »

Quelqu'un sonna à la porte.

« Enfin », chuchota nerveusement Lea.

Elle mit les bébés qui s'étaient endormis dans leur lit du salon. Puis elle ouvrit la porte.

- ➢ Bonjour Katy.
- ➢ Bonjour Lea. Désolé pour le retard. Il y avait vraiment des bouchons.

Sa paupière trembla imperceptiblement.

- ➢ Pas de problème. Cela peut arriver. Entrez, je vous en prie.
- ➢ Merci beaucoup de m'avoir choisi, dit Katy avec un sourire sur son visage.
- ➢ Rien à remercier, dit Lea en mettant son manteau. Après notre dernière conversation, j'étais sûre que vous étiez la bonne personne pour ce travail.

Comme les deux enfants dormaient profondément dans le salon, elles se dirigèrent ensemble dans la cuisine.

- ➢ J'étais très heureuse quand j'ai lu votre e-mail et surtout heureuse d'avoir été autorisée à commencer à travailler dès aujourd'hui, déclara Katy.
- ➢ Cela me réjouit, dit Lea, distraite.
  En fait, je dois y aller. Prenez bien soin des enfants. Ils sont tout pour moi !
- ➢ Ne vous inquiétez pas. J'ai appris à m'occuper des enfants il y a des années. J'adore m'occuper les enfants, répondit Katy en souriant.

Lea eut soudain une sensation de tension presque nauséabonde dans son estomac. Le sourire de Katy semblait un peu trop large et quant à elle, un peu trop joyeuse. Puis Lea se rappela vigoureusement à l'ordre. Il n'y avait aucune raison de se méfier de Katy. Elle avait montré de bonnes références et semblait être une personne normale et gentille.

C'était le stress, tout simplement. Le stress peut rendre n'importe qui fou.

Lea regarda l'horloge accrochée au mur.

- ➢ Oh, je dois vraiment y aller maintenant ! Le placard blanc dans le coin contient tout ce dont vous avez besoin. Dans la rangée du haut, vous trouverez des petits pots pour bébés. Dans les tiroirs du bas, il y a des vêtements, des couches, etc. Au milieu, il y a des médicaments.
- ➢ Tout est clair.
- ➢ J'ai une autre requête très importante vous concernant, dit Lea, déjà sur le pas de la porte. Ne laissez personne voir les bébés sans ma permission !
- ➢ C'est évident.
- ➢ S'il vous plaît, soyez très prudente. L'environnement ici n'est pas des plus sûrs !
- ➢ Vraiment si mauvais ?
- ➢ Des enfants ont déjà été kidnappés ici plusieurs fois, dit Lea.
- ➢ C'est terrible, cria Katy,
Je m'en souviendrai.
- ➢ De plus, sachez que je vis ici avec mon mari Luc. Nous avons eu une petite dispute, puis nous avons décidé de nous éloigner un peu. Mais il vient de temps en temps pour voir les enfants ou pour prendre quelque chose. Je ne voudrais pas que vous soyez surprise, s'il passe.
- ➢ D'accord. Merci pour l'information !
- ➢ Avez-vous d'autres questions, dit Lea, déjà dans la voiture.
- ➢ Vous travaillez de 8h à 16h, c'est ça ?

> Oui, c'est ce que je vous ai dit dans l'e-mail. Généralement de 8h à 16h. Mais comme je suis toujours en congé parental et que je remplace actuellement un de mes collègues, ce n'est que trois à quatre heures par jour. Aujourd'hui, je vais probablement travailler jusqu'à midi. Cela vous convient je suppose ?
> Bien sûr ! Ce n'est pas un problème. Je demande simplement, si quelque chose devrait arriver.
> Super. Alors j'y vais maintenant. A tout à l'heure. Si quelque chose arrive, vous pouvez toujours me joindre sur mon smartphone.
  Lea est partie à vive allure, un grincement de pneus se fit entendre dans toute la rue.

Katy la regarda et sourit en jubilant. Elle verrouilla la porte et passa un coup de fil.

> Bonjour, dit quelqu'un à l'autre bout du fil.
> Bonjour Libresti. C'est moi.
> Et ?
> Tout va bien. Elle vient juste d'aller au travail.
> Bien. Et son mari ?
> Il n'était même pas là.
> Es-tu seule maintenant ?
> Oui. Mais elle m'a dit que son mari pouvait venir n'importe quand.
> Ne t'inquiète pas. J'irai au commissariat où il travaille.

Katy serra ses lèvres pendant un moment et détourna le regard vers la fenêtre.

> Non. Non. Tu es stupide ou quoi ?

- Tu me connais !
- S'il te plaît, ne fais pas ça.
- Ne t'inquiète pas. Je vais seulement me garer à proximité et attendre. Quand je le vois, je t'appelle, d'accord ?
- C'est d'accord, s'il te plaît, fais attention.
- Tu me connais, répéta-t-il et lui dit au revoir.
- À plus tard, conclut Katy juste avant de raccrocher.

19.

Elle n'était pas une célébrité, pourtant elle était au moins aussi connue. Son style vestimentaire était démodé et très voyant. Armée de son bâton de marche, elle apparaissait là où on ne l'attendait pas. La plupart l'appelaient « la vieille dame » à cause de son apparence.

L'USFler s'interrogeait sur elle depuis des générations. Certains croyaient même que, sous son apparence discrète, se cachait le pouvoir d'une voyante qui se transmettait de génération en génération. D'autres encore, spéculaient que c'était là, toute une famille qui conspirait contre Mark Dabrator. De toute façon, personne ne savait qui était vraiment la vieille dame. Les personnes concernées par ses prophéties étaient, pour la plupart, complètement perdues, parce qu'elle ne parlait qu'au travers d'énigmes. Elle acquit plusieurs surnoms au fil des années. L'un d'eux était « la chasseuse sans arme ». Les humains étaient sa proie. En règle générale, ces personnes étaient victimes d'une des arnaques du groupe MD, bien qu'elles n'en eussent pas eu connaissance elles-mêmes. Comment la vieille dame parvenait à l'apprendre si longtemps à l'avance restait son secret. Aujourd'hui, son terrain de chasse était une école - l'école où travaillait Léa. Elle se tenait devant l'entrée de l'école et attendait manifestement quelqu'un. Il ne fallut pas attendre trop longtemps pour que sa proie désirée apparaisse. C'était Léa.

> Alors on se revoit ? La vieille dame débuta la conversation.
> Eh oui ! Répondit Léa.

Léa n'était pas très amicale. Les cours avaient déjà commencé. Elle se précipita sans commentaire.

> « -Les yeux inexpérimentés sont souvent la cause de notre cécité » Cria la vieille dame après elle.

Léa s'arrêta. Ce n'était pas la première fois qu'elle entendait cette phrase. La dernière fois, c'était peu de temps avant de recevoir la lettre avec les photos de Luc et Berta dans un hôtel. S'il y avait quelque chose que la vieille dame savait à ce sujet, alors...

Léa fit demi-tour.

> C'était un message ? Demanda-t-elle.
> Probablement... Répondit la vieille dame.

Elle le savait. Beaucoup de bavardages et aucune substance. La vieille dame était complètement folle. Mais comme elle jouissait d'une très bonne réputation à l'USF, Léa n'a pas osé l'ignorer et repartir.

> Oh oui ! Dit-elle avec sarcasme.
> Et le message s'adresse-t-il à tous les passants ou seulement à moi ?
> L'un n'exclut pas l'autre. Répondit la vieille dame.

Elle abaissa sa canne dans la poussière d'un parterre de fleurs et dessina quelque chose ressemblant à deux

bébés.
- ➢ Qu'est-ce que ça veut dire ? Demanda Léa avec un visage déformé. Son cœur battait avec une grande violence.
- ➢ « Une image en dit plus que mille mots ! » chuchota la vieille dame en frottant l'image avec son pied droit.

« Et ça recommence. », pensa Léa, qui avait conseillé à la vieille dame, lors de sa dernière rencontre, de voir un psychiatre. « Pourquoi perdait-elle son temps avec cette vieille folle ? »

En passant, elle dit :

- ➢ Je suis heureuse de vous avoir revue, mais je dois y aller maintenant.
- ➢ Notre rencontre n'est pas une coïncidence, si c'est ce que vous pensiez ! Dit la vieille dame.

Léa s'arrêta de nouveau. Qu'avait dit Luc déjà ? « Des gens avaient ignoré les paroles de cette vieille dame et en avaient payé le prix fort ensuite. »

- ➢ M'avez-vous suivi ? Ou m'avez-vous simplement attendu ici ?
- ➢ Vous posez encore des questions qui ne vous mèneront nulle part !

La vieille dame boitilla vers Léa. Elle respirait fortement et s'appuya sur un mur. Puis, elle ouvrit son sac à main, à peine plus grand qu'un poing. Elle prit deux cartes et les remit à Léa. Après une courte hésitation, Léa les accepta. Qu'est-ce que cela signifiait ? Les deux cartes avaient à peu près la taille d'une carte de visite. Au verso, il y avait un logo imprimé qui semblait familier à Léa. En revanche, le recto des deux cartes était différent.

Sur l'une des cartes, il y avait un petit soleil avec une date en dessous. Sur la deuxième carte, il y avait exactement la même date au même endroit, mais le soleil manquait. Au lieu de cela, il y avait quelques gouttes rouges et noires sous la date ainsi qu'un étrange liquide sombre.

- ➢ Détendez-vous, jeune femme. Ce n'est qu'à ce moment-là que vous serez capable de comprendre le message.
- ➢ Excusez-moi, mais je n'ai pas de temps pour ça en ce moment. Je dois y aller, malheureusement. J'aurais dû commencer mes cours il y a dix minutes.
- ➢ Hm, hm ! Il faudra bien écouter tôt ou tard ! Mais j'ai bien peur que ce ne soit trop tard !
- ➢ Alors ce sera ainsi ! répondit Léa avec force en entrant dans le bâtiment de l'école.
- ➢ Je vous recommanderais de rentrer chez vous avant midi tant que vos Bunbis sont entre de mauvaises mains., Cria la vieille dame avant que la porte ne claque derrière Léa et lui coupe la voix.

20

Léa traversa l'école. Les bâtiments étaient tranquilles. Personne en vue. Elle s'étonna. Elle appela une collègue et apprit qu'il n'y avait pas cours ce jour-là à cause d'une réunion. Sa collègue disait qu'elle n'en avait entendu parler que par courriel la veille. Elle expliqua également qu'elle ne pouvait pas parler longtemps au téléphone parce qu'elle était déjà assise dans la salle où la réunion aurait lieu. Elle proposa à Léa de lui faire suivre le courriel si elle ne l'avait pas reçu pour une quelconque raison.

> - Le courriel contient tous les détails de la journée de travail d'aujourd'hui. Tu pourras y lire l'adresse et les thèmes de la conférence directement. dit-elle.
> - Mais je ne peux pas arriver à la première séance à temps ! Le point de rencontre est de l'autre côté de la ville. Il me faudra au moins trente minutes pour y arriver !
> - Pas de problème, je vais le dire au directeur. Prends ton temps et viens à la deuxième moitié dans une heure.
> - Oh, merci, c'est gentil de ta part, dit Lea.

Elle mit son portable dans sa poche et se dirigea directement vers sa voiture. À la sortie, elle remarqua que la vieille dame n'était toujours pas partie. Elle l'ignora et passa devant.

Puis elle s'arrêta soudainement. Devant sa voiture était écrit en lettres rouges :

« La tristesse est la baignoire de l'entêtement. » Léa gela sur place.

La vieille dame avait-elle écrit ça ? Eh bien, c'était allé trop loin ! Mais Léa se souvint à quel point ses prédictions étaient exactes dans le passé et que, pour une majorité de la population de l'USF, c'était un péché d'ignorer la vieille dame.

Elle tourna les talons et courut à l'endroit où la vieille dame se penchait.

Elle dessinait à nouveau. Léa ralentit.

Elle dessina de nouveau deux bébés dans la poussière

du parterre de fleurs. Mais cette fois, pas une fois, mais deux ! Une fois sur le côté gauche devant elle et une fois sur le côté droit devant Léa. Un vent fort soufflait par derrière. Mais les femmes se tenaient debout pour pouvoir ralentir l'influence du vent dans leur dos. Léa regarda le dessin devant elle. Pour une raison ou une autre, elle frissonna le long de sa colonne vertébrale. Puis, la vieille dame étrange demanda à Léa de s'arrêter pendant qu'elle s'enfuyait à quelques pas de là. En conséquence, l'un des dessins disparut sous la rafale de vent mais l'autre, du côté de Léa, était encore visible.

> ➢ Qu'est-ce que c'est ? Demanda Léa, en levant les yeux.

Mais la vieille dame était déjà à quelques mètres d'elle.
> ➢ C'est tout ! Profitez-en au maximum !
> ➢ De quoi parlez-vous, bon sang ?

La vieille dame répondit juste avant de monter dans une voiture noire.

Mais comme souvent, Léa ne sut quoi faire de ce message. Léa appuya sur le bouton rouge de l'écran de son téléphone portable. Au cours des quinze dernières minutes, elle l'avait appelé autant de fois que possible, mais il ne répondait pas. Elle passa la main sur son front, pour essuyer la sueur, et réfléchit. Ensuite, elle commença à taper un SMS.

« Bonjour, s'il te plaît, réponds au téléphone. C'est vraiment important. J'ai revu la vieille dame et je n'ai rien compris. Peut-être que tu as un peu de temps pour en parler avec moi ? S'il te plaît. »

Puis, elle jeta un coup d'œil sur la montre.

Après exactement quarante et une secondes, le téléphone sonna

- ➤ Bonjour, dit Léa.
- ➤ Bonjour, dit Luc à l'autre bout du fil.
  Je n'ai pas trop de temps. J'ai dit à mes collègues que j'allais fumer une cigarette. Tu vois, je peux téléphoner cinq minutes, pas plus.
- ➤ Pas de problème, répondit Léa.
  Écoute, c'est important. J'ai revu la drôle de vieille dame J'ai eu l'impression qu'elle voulait me dire quelque chose d'important à nouveau. Malheureusement, je n'ai pas compris.

Elle gloussa nerveusement.

- ➤ Qu'est-ce qu'elle a dit ?
- ➤ Pas grand-chose. Elle m'a donné deux cartes avec des logos d'un côté, et des photos et une date de l'autre.
- ➤ Et sinon ?
- ➤ Elle a fait des dessins sur le sol. La première photo était un bébé qu'elle a encore effacé avec son pied.

Léa rongea ses ongles.

- ➤ Et qu'a-t-elle dit à ce sujet ?
- ➤ Pas grand-chose, seulement qu'une image en dit plus que mille mots.
- ➤ Étrange. Et les autres ?
- ➤ Les deux autres photos ressemblaient exactement à la première. Deux bébés, un devant moi et un autre devant elle. Quand elle est partie, la photo a disparu.
- ➤ Comment ça ?
- ➤ Soudain, une forte rafale de vent est venue de derrière.
- ➤ Et comme tu t'étais arrêtée, l'image devant toi n'était-elle pas devenue floue ?
- ➤ Oui, c'est vrai ! Tu peux en tirer quelque chose ?
- ➤ Pas vraiment, répondit Luc avec hésitation.

- ➢ Devant ma voiture, il était également écrit en rouge : « La tristesse est la baignoire de l'entêtement », rajouta Léa.
- ➢ Je pourrais peut-être t'en dire plus quand je verrai les cartes qu'elle t'a données.
- ➢ D'accord. Voilà ce qu'on peut faire. En fait, j'ai rendez-vous avec mes collègues. Mais je pense pouvoir encore passer. Ton lieu de travail n'est qu'à dix minutes en voiture. Penses-tu que cela pourrait être organisé ?
- ➢ Je me rends au bureau et je préviens.
- ➢ D'accord. J'arrive tout de suite.

Léa raccrocha et prit à peine le temps de faire tomber le téléphone dans sa poche, avant de tourner la clé de contact, de desserrer le frein à main et de repartir avec des pneus qui grinçaient.

21.

Luc attendait sa femme devant le commissariat de police. Quelques minutes plus tard, elle arriva en voiture et s'arrêta avec des pneus grinçants. Il ouvrit la porte du passager, et entra.

- ➢ Voici les cartes, dit Léa, dès qu'il referma la porte.

Elle lui tendit précipitamment les cartes. Il les regarda.

Peux-tu en tirer quoi que ce soit maintenant ? demanda Léa, essoufflée.

Luc hocha la tête.

- ➢ Le logo au dos de la carte est le même que celui de la clinique Happy Baby Born.
- ➢ Tu as raison ! Je ne l'avais même pas remarqué plus tôt.
- ➢ La date sur le devant ne te dit rien non plus ?

> Si, c'est la date de naissance de nos jumeaux, dit-elle ave[c] enthousiasme.

Dommage, que je n'ai pas remarquée ça tout de suite !

> Ce que signifient les photos sur les cartes, nous l'avon[s] appris à l'école.
> La matière s'appelait 'B-Ana'. Nous avons eu différente[s] photos et nous avons dû les analyser. Bien sûr, l[e] professeur nous a aussi aidés. Peut-être que la vieille dam[e] pensait que tu as fréquenté l'école à USF30-50.
> Peut-être. Peux-tu me dire ce qu'elles signifient ? Demand[a] Léa avec impatience dans sa voix.
> Par où devrais-je commencer ?
> Par la première carte. Que signifie le soleil ? La joie, n'es[t] ce pas ?
> Oui. Si tu regardes bien, il y a un petit signe sous le solei[l]
> Oui, je vois ça.
> C'est le signe de la mémoire.
> Alors, c'est ce qu'on pourrait résumer par 'souven[ir] ensoleillé' ?
> C'est à peu près ça. Si tu prends tout en compte - le log[o] au dos de la clinique Happy Baby Born, où nos enfants son[t] nés, et la date de naissance sur le devant, je suppose qu[e] cela a quelque chose à voir avec le fait que tu gardes l[a] journée en mémoire. En revanche, les gouttes rouges su[r] la deuxième image signifient du sang. Le liquide noir sou[s] les gouttes représente les larmes de tristesse, des 'larme[s] noires'.

Luc observa Léa enrouler une mèche de cheveux autour de so[n] doigt.

> Mais qu'est-ce que signifie tout cela ? Quel est le messag[e] ?

> Je suis désolé. Je ne peux pas en dire plus, non plus. Tout le reste ne serait que pure spéculation.
> Merci quand même, dit Léa.

Elle était devenue pâle.
> Eh bien, je retourne au travail, dit Luc.
> D'accord. Je vais continuer alors.

Luc sortit. Léa partit tout de suite, elle aussi. Il regarda la voiture jusqu'à ce qu'elle tourne dans la route principale et qu'elle soit hors de sa vue.

22.

Après avoir parlé à sa femme, Luc eut du mal à se concentrer à nouveau sur son travail. Il était assis à son bureau depuis plus d'une heure, et n'avait fait aucun progrès dans sa tâche du jour. Il s'inquiétait du fait que la vieille dame avait rendu visite à sa femme, et encore plus du fait que la date de naissance de ses enfants figurait sur l'une des cartes. C'était devenu chaud, très chaud. Cela n'avait aucun sens de continuer à travailler ce jour-là. Il éteignit son ordinateur et commença à ranger ses affaires. Puis, il dit qu'il était malade et quitta le bureau. Plein de soucis, il conduisit jusqu'à leur appartement commun. Une fois arrivé, il gara sa voiture sur le parking devant la maison. Comme il ne voulait pas effrayer la nouvelle baby-sitter, il a d'abord sonné la cloche. Mais tout était resté silencieux. *Léa avait dit qu'elle avait engagé une nouvelle baby-sitter. « Où est-elle ? Pas de panique », Luc*, pensa-t-il. « *Il se pourrait qu'elle soit partie se promener avec les enfants.* »

Il sortit sa clé de sa poche et ouvrit la porte. Il se fit un café et prit place sur le canapé. Après deux longues heures d'attente, il appela Léa, qui devait avoir terminé sa réunion maintenant.

- ➤ Bonjour, répondit Léa après la première sonnerie de son téléphone.
- ➤ Tu as fini ton travail ? demanda Luc.
- ➤ Presque. Pourquoi ?
- ➤ Je suis chez nous, en ce moment.
- ➤ Et ?
- ➤ En fait, je suis juste venu dire bonjour à David et à Beyonce.
- ➤ Je sais que tu n'es pas venu pour moi. Il y a un problème ?
- ➤ Eh oui !!
- ➤ Qu'est-ce qui se passe ? Je lui ai parlé de toi et je lui ai montré ta photo parce que je pensais qu'elle ne te permettrait peut-être pas de voir les enfants en mon absence.
- ➤ Ce n'est pas ça le problème.
  Ça fait plus de deux heures que j'attends ici et elle n'y est toujours pas.

Au bout de la ligne, il y avait un silence de mort.

Léa ? Tu es toujours là ?

- ➤ Elle a commencé aujourd'hui. Comment peut-elle se promener dehors si elle ne connaît pas encore notre quartier ?
- ➤ Je me pose la même question. Même si elle se familiarise avec l'environnement, cela ne peut pas prendre autant de temps ! Tu ne lui as pas dit que la zone ici est dangereuse ?
- ➤ Mais si, je lui ai dit, répondit Léa sans ton.
- ➤ Peux-tu l'appeler ?
- ➤ Oui, bien sûr. Je raccroche brièvement et je te rappelle dans quelques minutes, quand j'aurai passé le coup de fil.
- ➤ D'accord, merci.

Ses inquiétudes ne cessaient d'augmenter. Il courut d'avant en arrière, comme un tigre dans une cage, et continua à regarder par la fenêtre, espérant voir une femme avec une poussette. Après cinq autres minutes d'agitation, il décida de se promener. Il ne savait pas vraiment à quoi ressemblait la nouvelle baby-sitter, mais il connaissait ses enfants et leur poussette. La rue était déserte. Seuls quelques sans-abris étaient assis sur un banc, à une certaine distance. Après s'être promené dans la rue, son instinct entra en jeu.

De l'appartement, il n'y avait qu'un seul chemin piétonnier. L'autre route menait à l'autoroute. Il devait donc rencontrer la baby-sitter si elle était à pied avec les enfants. Il continua à marcher. Le chemin quittait la zone de peuplement et menait dans les champs. Il n'était plus asphalté. Dans le sol humide de la pluie qui était tombée la nuit précédente, on pouvait facilement voir toutes les traces de pas. Après une longue observation, Luc dut se rendre à l'évidence : les empreintes de pas sur le sol n'étaient pas celles d'un humain, mais celles d'un singe. Il y avait aussi des traces de canards et d'autres oiseaux, mais aucune trace de poussette. Un frisson froid courut dans son dos.

Quand Léa allait-elle le rappeler ? Encore une minute d'attente, et il exploserait. Il rentra chez lui. Quand il mit la clé dans la serrure, le téléphone sonna à l'intérieur.

- ➢ Oui, répondit Luc, essoufflé après avoir traversé le couloir à toute allure.
- ➢ Allô, Luc.
- ➢ Léa ? Demanda-t-il, surpris.
- ➢ Oui. Tu t'attendais à un autre appel ?
- ➢ Pourquoi tu ne m'appelles pas sur mon portable ?
- ➢ J'ai essayé, mais c'était toujours ta boîte vocale.

Luc sortit son téléphone portable de sa poche et regarda l'écran
Ce n'est que maintenant qu'il se rendit compte que c'était étein

- La batterie doit être vide. Ça n'a plus d'importance maintenant. Tu as pu joindre la baby-sitter ?
- Ça sonne, mais elle ne répond pas au téléphone.

Luc sentit ses pires craintes se confirmer.

- J'espère pour toi que rien n'est arrivé aux enfants, dit- froidement.

Il était sur le point de raccrocher quand Léa cria à l'autre bout.

- Attends ! Elle vient de m'envoyer un texto !

Luc sentit une pierre tomber de son cœur.

- Et, qu'est-ce qu'elle écrit ? Demanda-t-il.
- Qu'elle est allée se promener avec les enfants.

Léa semblait aussi soulagée que lui.

- Où ça ?
- Près de notre appartement.
- Ce n'est pas vrai du tout, cria Luc.
- Pourquoi tu dis ça ?
- J'étais justement à l'extérieur. Je connais très bien notr quartier. Je peux t'assurer à cent pour cent qu'elle n'es pas là !
- Eh bien, si tu le dis.
- Qu'est-ce que ça veut dire ? Je t'explique le contexte d mon avis et tout ce que tu trouves à dire, c'est 'Bien' ?
- Je ne veux pas de stress. Je vais faire quelques trucs et j te rappellerai quand je rentre.
- Génial !
- À plus tard.

Luc ne répondit plus à sa femme. Il raccrocha et jeta le téléphone sur le canapé. Puis, il quitta l'appartement.

23.

Lorsque Léa rentra du travail le même soir, elle ne trouva ni Katy, ni ses enfants dans l'appartement. Paniquant, elle se précipita à appeler son mari.

- ➤ Luc, c'est moi !
- ➤ Oui, évidemment que c'est toi ! Qu'est-ce que tu veux ? Demanda Luc froidement.
- ➤ Les enfants ne sont toujours pas là...

Luc cuisait à l'intérieur. Ses craintes s'étaient à nouveau confirmées. Il avait tendance à blâmer sa femme pour tout le désastre. « *Si elle n'avait pas renoncé à Berta, on ne serait jamais arrivé là.* »

S'il te plaît, dis quelque chose, le supplia-t-elle.

- ➤ Que dois-je dire ? Je suis douloureusement obligé d'admettre que je dois aussi payer de nouveau la facture de ton entêtement.

Léa resta silencieuse.

Dès le début, j'étais contre le fait que tu renonces à Berta. Tu te laisses guider uniquement par tes émotions. Comme je n'arrête pas de te le dire, une personne qui se laisse contrôler par ses émotions est comme quelqu'un qui conduit une voiture tout en étant ivre. Désormais, nous en avons à nouveau la preuve. Tu as fait confiance à une menteuse. Et maintenant, elle a disparu sans laisser de traces.

> Ne sois pas si pessimiste ! Peut-être que quelque chose vient de lui arriver et que la police nous contactera bientôt, dit Léa, avec optimisme.

Mais sa voix tremblait.

> Je l'espère bien. L'essentiel, c'est que les enfants aillent bien.
> Peux-tu venir, s'il te plaît ?
> T'es sérieuse, là ?
> Oui. S'il te plaît. Mettons de côté nos problèmes conjugaux. Les enfants sont plus importants que notre ego.

Luc posa ses mains sur ses hanches et plaça sa tête légèrement en biais.

> Seulement si tu contrôles tes émotions, ok ?
> Je ferai de mon mieux !
> Bien. J'aurais besoin d'environ une heure.

24.

Dire que Léa était inquiète, ce serait un euphémisme exorbitant. Ce n'est que maintenant qu'elle se rendit compte que quelque chose pourrait vraiment être arrivé aux enfants. Elle rentrait tout juste du travail, mais ne pensa même pas à se changer ou à se déchausser. Elle se souvenait de la conversation avec la vieille dame, également connue sous le nom de 'déesse de la prophétie'. Encore et encore, elle réfléchissait à leur conversation. Peu importe la fréquence à laquelle elle se repassait les phrases dans sa tête, le message de la vieille dame n'était toujours pas clair pour elle. Mais la mauvaise sensation au niveau de l'estomac s'était intensifiée. Elle se précipita dans la cuisine, sortit un coussin de refroidissement du congélateur et le mit autour de son cou. Lorsque Luc entra enfin dans le salon, après ce qui lui sembla une éternité, elle s'est immédiatement levée.

> ➢ La nouvelle baby-sitter n'a toujours pas appelé ? Demanda-t-il.

Léa resta silencieuse. Elle ne connaissait plus la réponse à sa question. Elle pressa son pouce aussi fort qu'elle le pouvait, et finit par dire :

> ➢ Pas encore. Mais elle nous contactera bientôt.
> ➢ Je l'espère pour toi, car sinon, tu as un vrai problème !
> ➢ Qu'est-ce que ça veut dire ?
> ➢ Tu as licencié Berta contre ma volonté. Et cela, bien que les tests de maternité aient prouvé qu'elle était bien la mère biologique des enfants. Tu l'as renvoyée, et s'il arrive quelque chose aux enfants, ce n'est pas bon du tout pour toi.
> ➢ Merci ! Je le sais déjà moi-même.

Soudain, elle ne sentit plus le coussin de refroidissement qu'elle avait mis autour de son cou. Elle avait peur d'être accusée d'avoir emmené les enfants, pour blesser Berta ou Luc. Elle s'est souvenue de la menace de Berta de déposer une plainte auprès de MixSKids.

« Si les enfants sont vraiment partis, c'est terriblement mauvais pour moi. Mon Dieu, tu es mon témoin. Je n'avais pas de mauvaises intentions. S'il te plaît, ne me laisse pas tomber », pensa-t-elle.

Puis, elle essaya de joindre Katy par téléphone, une énième de fois. Sans succès, encore une fois.

> Merde ! Elle ne répond toujours pas, cria-t-elle, et lança le téléphone sur la moquette.

> « Celui qui n'écoute jamais échappe rarement au cercle de la souffrance ! » Tu aurais écouté la vieille dame ?
> Épargne-moi tes paroles stupides. J'en ai eu assez quand j'ai parlé avec cette vieille dame ennuyante.
> Exactement, ça fait partie de ton problème. Tout ce que tu ne comprends pas, est stupide.

« *Comme je vous l'ai déjà dit, essayez de suivre ces conseils avant qu'il ne soit trop tard* », se repassa-t-elle les mots de la vieille folle, dans la tête.
> Tu parles de la vieille dame comme si tu pouvais taper sa déclaration sur Google et la faire traduire. Comment suivre ses conseils si on ne comprend même pas ? Elle dit toujours des trucs bizarres, pour qu'on ne comprenne rien."
> Qu'est-ce qu'elle a dit, déjà ?
> Je ne me souviens plus exactement, il y avait beaucoup de choses que je ne comprenais pas. Elle a dit quelque chose de genre 'mauvaises mains'.
Je n'ai pas pris ses conseils de la dernière fois au sérieux. Et si jamais je ne veux pas entendre, je vais ressentir. Et il pourrait être trop tard. Voilà, des trucs stupides du genre !
> Je ne peux pas non plus vraiment expliquer ce qu'elle veut dire par là. Mais d'après les leçons du passé, je sais qu'elle apparaît partout où le danger est imminent. Je te conseille d'essayer de comprendre ses dires. Ce sont souvent des conseils importants à suivre, pour éviter le pire.
> Je ne comprends pas pourquoi tout le monde ici suit sa parole comme si c'était la Loi !
Elle n'est qu'un être humain. Elle peut se tromper parfois. On n'a pas à s'inquiéter juste parce qu'elle m'a dit de rentrer plus tôt.
> Tu es sérieuse, là ? Elle t'a vraiment dit de rentrer plus tôt ? demanda Luc, furieux.

> Oui, elle avait mentionné quelque chose comme ça, confirma Léa, avec désintéressement.

Luc releva ses cheveux.

> Tu ne comprends pas, dit-il.
> Non, je ne comprends vraiment pas. Contrairement à la plupart des USFler, je ne la vois pas comme une déesse de la prophétie, qui mérite une bonne réputation, mais comme une vieille femme diabolique, qui manipule les gens. Comme si elle voyait vraiment l'avenir, laisse-moi rire.
> C'est ton avis. À l'USF, c'est un honneur de recevoir la visite de cette vieille dame. Elle a une très bonne réputation. Et petit à petit, je commence à croire qu'avec la conversation d'aujourd'hui, elle voulait te mettre en garde contre cette baby-sitter. Peut-être qu'elle soupçonnait que les enfants pourraient être kidnappés. Si tu avais suivi ses conseils, ce ne serait peut-être pas arrivé du tout.
> Avait, aurait été, si... On peut toujours dire ça. Il n'a même pas encore été confirmé que les enfants ont été enlevés par Kathy.

Luc garda le silence. Il se massa les tempes.

> Je l'espère vraiment, dit-il enfin.

25.

Deux jours plus tard, Luc était en déplacement avec son collègue. Chris jeta un coup d'œil à Luc. Ils se rendaient en voiture à la rencontre avec Bill, mais le silence régnait depuis leur départ, vingt minutes plus tôt. Chris avait essayé à deux reprises d'entamer une conversation, mais sans succès. Luc semblait être mentalement absent. C'était étrange que son collègue soit apparu au bureau ce matin avec des cheveux non peignés et de la crème sur le visage. La chemise de Luc n'avait été repassée que sur le devant et était assez froissée sur les côtés. Comme si Luc, qui était par ailleurs très bien rangé et discipliné, venait de sortir une chemise du placard, peu de temps avant le travail et à la hâte, et de repasser rapidement. De plus, il sentait l'alcool.

Chris était un peu inquiet pour son collègue.

> ➢ Tout va bien, Luc ?
> ➢ Oui, bien sûr. Pourquoi ?
> ➢ Vraiment ?
> ➢ Oui, si je te le dis.
> ➢ Sûr ? Tu as l'air tendu.
> ➢ Ça peut arriver, n'est-ce pas ?
> ➢ Oui, bien sûr. Mais je t'ai rarement vu de la façon dont tu es apparu aujourd'hui au boulot.
> ➢ Qu'est-ce que tu veux dire ?
> ➢ Je parle du reste de la crème sur ton visage...
> ➢ Oh !

Luc rabattit le petit miroir et frotta la crème sur son visage. Il éclata de rire.

> J'étais si pressé ce matin, que je ne me suis même pas regardé dans le miroir.

> ➢ Ah, oui. Je comprends aussi pourquoi tu n'as pas remarqué que ta chemise était mal boutonnée.

Luc jeta un coup d'œil rapide sur lui-même.

> ➢ Merde ! Grogna-t-il.
> Je te remercie.

> Très volontiers. Tu peux toujours me parler ouvertement.

« Votre destination est à une centaine de mètres, sur le côté gauche », indiquait l'appareil de navigation.

Chris regarda Luc d'un air interrogateur.

> - Est-ce la bonne adresse ?
> - Oui. J'ai tapé le nom de la rue que Bill nous a envoyé par SMS.
> - Sais-tu pourquoi il veut qu'on se retrouve au cimetière ?
> - Je ne sais pas.

Ils s'arrêtèrent et sortirent de la voiture. Pendant que Luc s'arrêta à côté de la voiture, Chris alla chercher quelques mètres plus loin, et tapa le numéro de Bill dans son téléphone portable.

- Allô ?
- Bonjour, Bill. Nous y sommes déjà. On est en face du cimetière, près de la voiture.
- Quel cimetière ?
- Cimetière MK.
- Je ne connais pas celui-là. Je vous attends au café.
- Attendez une minute. Dabratorstrasse 20, c'est bien ça ?
- Non. Je ne connais pas cet endroit. J'ai envoyé l'adresse à Luc par SMS.
- D'accord. D'accord, c'est bon. Je te rappellerai plus tard.

« Mauvaise adresse ! », dit Chris sèchement.

Chris vérifia l'adresse. Il cuisait à l'intérieur.

> - Comment as-tu pu te tromper comme ça ? L'adresse saisie ne ressemble même pas à celle du SMS.
> - Désolé, collègue. Tout va mal pour moi en ce moment.

Sans autre commentaire, Chris saisit la bonne adresse dans l[e] système de navigation.

> Maintenant, ça devrait être correct.

Il y eut à nouveau un moment de silence. Chris regard[a] secrètement Luc du coin de l'œil.
« *Qu'est-ce qui peut l'accabler au point qu'il se soit tromp[é] d'adresse ? Et est-ce une coïncidence que l'adresse soit [le] cimetière ? Je me souviens qu'une personne importante dans s[a] vie a été enterrée dans ce cimetière de MK. Mais ce n'est pas l[e] bon moment pour aborder cette question,* » pensa Chris.

En route, le téléphone portable de Luc sonna. Il le sortit de s[a] poche, jeta un coup d'œil rapide à l'écran, et le jeta de côté.

> Les femmes ne sont que des démons indispensables, di[t]-il.

Le téléphone sonna encore. Chris jeta un coup d'œil à l'écran.

> Léa ! C'est ta femme.
> Eh oui !
> Et pourquoi tu ne réponds pas ? C'est peut-être importan[t].
> Je ne le pense pas.
> Bon... Si tu le dis.

Luc se tut.

> Léa n'a pas réussi à joindre la nouvelle baby-sitter depui[s] son premier jour de travail, dit-il.
> Et le pire, c'est que David et Beyonce sont avec elle.
> Oh, non ! Depuis quand les enfants ont-ils disparu ?
> Depuis un peu plus de quarante heures.
> Déjà ? On ne devrait pas contacter toute de suite no[s] collègues et commencer une grande recherche ?

Luc jeta un regard aiguisé à son collègue.

> ➢ Ce n'est pas possible ! Sinon, je l'aurais fait depuis longtemps.

Chris fronça les sourcils.

> ➢ Comment ça ? Pourquoi pas ?
> ➢ Après le changement de l'ancienne loi, on présuppose une période d'au moins quarante-huit heures dans l'USF.

Chris acquiesça.

> ➢ C'est exact. Je l'avais oublié. Et que vas-tu faire maintenant ?
> ➢ Je ne sais pas. Dans huit heures, nous pouvons informer nos collègues, dit Luc tristement.
> ➢ Que s'est-il passé exactement ? demanda Chris.
> Si on réfléchit ensemble, on trouvera peut-être un indice sur l'endroit où la baby-sitter a pu disparaître.

Luc raconta tout à son collègue.

> ➢ Je n'arrive pas à supprimer de mon esprit l'impression qu'elle a été piégée, conclut Luc.
> ➢ Ta femme ?
> ➢ Oui ! Réfléchis : la nouvelle baby-sitter disparaît le premier jour avec les enfants. Ça doit être planifié depuis longtemps ! Ce n'est pas si facile.

Luc regarda par la fenêtre.

> Penses-tu que la disparition des enfants aurait quelque chose à voir avec Mark Dabrator ?

Chris le regarda avec horreur.

- ➢ C'est possible. Surtout si on suppose que Geo a été enlev[é] chez Berta parce que les kidnappeurs pensaient qu[e] l'enfant était son enfant biologique.
- ➢ C'est exactement ce qui me préoccupe. Peut-être que le[s] enleveurs ont découvert que mes enfants sont les enfant[s] biologiques de Berta. Ils ont envoyé alors quelqu'un pou[r] faire semblant d'être une baby-sitter, afin de kidnapper le[s] enfants.
- ➢ Les gens qui ne savent pas de quoi est capable Mar[k] Dabrator, n'y croiraient jamais. Mais je pense que c'es[t] possible. Il y a eu des cas où les espions du groupe ont ét[é] formés dans différents domaines et professions.

Luc était devenu pâle.

> Excuse-moi, s'il te plaît. J'oublie tout le temps que tu e[s] personnellement affecté cette fois-ci.

Luc lui fit signe du revers de la main.

- ➢ Tout ce que tu as dit, je le pense aussi.
- ➢ Que veux-tu faire maintenant ?
- ➢ Si seulement je savais. Qu'est-ce que tu suggères ?
- ➢ Tout d'abord, j'attendrais encore. Si tu n'as pas d[e] nouvelles de la baby-sitter et des enfants d'ici demain, l[a] ville devrait être alertée.
- ➢ Et s'il est trop tard ?
- ➢ Je ne le crois pas !
- ➢ Pourquoi en es-tu si sûr ? Tu as dit que le bébé serai[t] sacrifié quatre semaines après la réception de la lettre ?
- ➢ Oui, du moins, c'est ce que je pensais, dit Chri[s] docilement.

Luc se tut et s'arrêta, sans un mot, à côté du café où ils avaien[t] rendez-vous avec Bill.

26.

Bill n'était qu'un chauffeur de taxi pour beaucoup de gens. Quand ses camarades de classe lui demandaient pourquoi il avait décidé de faire du taxi après d'excellentes études, il répondait toujours : « Par amour soudain ».

Seuls quelques membres d'un groupe secret auquel il appartenait connaissaient la véritable histoire. En attendant Luc et Chris au café, il regarda la petite photo Polaroid de son père, qu'il emmenait partout dans son portefeuille. Une seule vie humaine ne valait pas grand-chose, il en avait fait l'expérience par lui-même. « Papa », pensa-t-il, « tu nous as toujours mis en garde contre Mark Dabrator et ses alliés. Maman t'a demandé plusieurs fois de t'éloigner de la politique. »

« Mais tu ne te laissais jamais distraire de tes objectifs. Tu as poursuivi sans crainte la lutte pour une USF démocratique. Ça a coûté ta vie et celle de ta famille. Je suis le seul à avoir survécu. Quand je suis rentré à la maison ce soir-là et que j'ai vu vos corps sur le sol, j'ai réalisé pour la première fois combien tes adversaires étaient cruels. Je me demande si je devrais t'admirer pour ta détermination et ton courage. Ou si je devrais te haïr de ne jamais avoir écouté maman et d'avoir détruit notre famille en combattant Mark Dabrator et ses alliés. Grâce à la vieille dame, je me suis échappé. J'ai quitté la ville, changé d'identité, et maintenant, je continue secrètement ton combat. J'espère que j'y arriverai. S'il te plaît, père, donne-moi ton énergie et ton courage. J'aurai besoin des deux. » Bill s'essuyait les joues mouillées pour une raison quelconque. Puis il remit soigneusement la minuscule photo dans son portefeuille et se leva. Alors qu'il sortait, les deux policiers sont descendus de la voiture.

> Bonjour Chris. Bonjour Luc. C'est bien que vous soyez enfin là.
• Désolé pour le retard. J'apprécie vraiment que tu nous aies attendus si longtemps malgré tout, répondit Luc.

Bill acquiesça d'un signe de tête.

> Tu voulais nous parler de l'enquête en cours. Au téléphone, tu as dit que c'était sans doute de grande importance.

Typique de Luc ! Il n'a pas tourné autour du pot pendant longtemps.

> Oui. Lors de ma dernière rencontre avec Pat, il m'a dit que vous cherchiez un chimiste. Peut-être que je peux vous aider.
• Que sais-tu du chimiste ? Demanda Luc.
> Pas grand-chose. Mais j'ai souvent conduit une femme qu'elle connaissait.
• C'était ta cliente ?

Bill hésita.

> Oui, on peut dire ça. Mais cela remonte à quelques années. J'espère qu'elle y travaille encore.

Luc se frotta le menton.

• De combien d'années parlons-nous ?
> La dernière fois que je l'ai conduite, c'était il y a trois ans.
• Et où vit-elle ?

> Je ne m'en souviens plus. Mais je sais toujours où elle travaillait à l'époque !

Chris plissa le front.

- La femme avait un handicap, n'est-ce pas ?
- C'est vrai.
- C'est la chimiste qu'on cherche ?
- Non. Je soupçonne plutôt qu'elle peut aider à trouver la chimiste.
- Combien de temps faut-il pour y arriver ?
- Je suppose que ça prend environ 90 minutes en voiture.
- Et l'adresse ?

Chris sortit son carnet.

- Je ne la connais pas par cœur. Mais je sais comment y arriver.
- Pourrais-tu nous montrer le chemin ?
- Bien sûr. J'ai du temps maintenant si c'est bon pour vous.

Luc semblait surpris. Il échangea un regard avec Chris.

- Je dois passer un coup de fil. Un instant, s'il vous plaît.

27

Pendant que Luc se précipitait vers la voiture, Chris se réfléchissait. C'était le moment de parler à Bill en privé.

- Il y a quelque chose que je voulais savoir depuis un moment, dit-il.
- De quoi s'agit-il ?

Chris savait déjà de Berta que Bill était très sensible à certaines questions. Et le sujet qu'il voulait discuter avec lui était l'un d'eux.

> ➢ C'est à propos de Mark Dabrator.
> ➢ Désolé. Je crains de ne pas pouvoir vous aider, dit Bill énervé.
> ➢ Tu ne sais même pas ce que je vais te demander.
> ➢ Ça n'a pas d'importance. Je n'ai aucun intérêt à répondre à des questions à ce sujet. »

Abandonner était hors de question pour Chris. Mais il savait aussi qu'insister ne le conduirait pas à la conversation désirée. Il réessaierait à un stade ultérieur. Il y eut un silence glacial jusqu'au retour de Luc.

> • Merci d'avoir attendu, Bill. J'ai un autre rendez-vous dans une heure. Aujourd'hui, il nous est malheureusement impossible d'aller à l'adresse avec toi, car le trajet aller-retour seul prendrait trois heures. Et en fonction de la durée de notre présence sur place, cela pourrait prendre encore plus de temps. Il serait logique que nous gardions une demi-journée libre pour cela. Je te propose quelques rendez-vous par SMS après le travail. Tu pourras alors me dire si l'un d'eux te convient aussi. C'est d'accord ?
> ➢ Oui, ça me va.
> • Nous devons aller de l'avant maintenant. Merci encore et au revoir.

Bill cria après Luc.

> ➢ J'attends votre message.

28.

Environ une heure après leur retour au commissariat de police, Luc repartit immédiatement après un appel d'urgence. Chris jeta un coup d'œil au journal intime que Luc avait rapidement pressé dans sa main et découvrit qu'Elvira devait être interrogée par Luc cet après-midi-là. Lui et la petite amie de son frère n'avaient pas la meilleure relation jusqu'ici ! Mais ça ne changeait rien, il devait représenter Luc en son absence. Chris regarda l'horloge. L'interrogatoire était prévu à quinze heures. Il était quinze heures moins cinq. Il se demandait encore comment Sebastian avait pu supporter une telle femme. Mais c'était sa vie après tout. Il était policier et devait rester professionnel.

Quand Elvira est entrée dans la pièce, Chris s'était revêtu de son visage professionnel.

> ➤ Bonjour. Ravi que vous ayez pu venir.

Elle lui fit un signe de la tête.

Il savait qu'Elvira avait du mal à accepter son vouvoiement en dépit des liens familiaux. Pour lui, c'était une femme, comme il l'avait dit à son frère, qui avait un compte bancaire au lieu d'un cœur. Il ne se débarrassa pas de l'impression que l'amour ne jouait aucun rôle dans la relation entre Sebastian et Elvira, mais seulement un intérêt financier.

> ➤ J'ai rendez-vous avec l'inspecteur en chef Luc, dit-elle.
> ➤ Malheureusement, le commissaire en chef a dû partir d'urgence après un appel important.

- ➤ C'est encore typique, dit-elle en colère. Pourquoi ne m'a-t-il pas appelé pour annuler ou reporter le rendez-vous ?
- ➤ Le commissaire m'a demandé de vous attendre et de le représenter dans le cadre de l'entretien. Suivez-moi, s'il vous plaît.

Chris est entré dans la salle d'interrogatoire avant Elvira. Cette salle était équipée d'un détecteur de mensonges et de quatre caméras différentes.

Asseyez-vous, je vous en prie.

Il attendit en silence jusqu'à ce qu'Elvira s'assoie avec hésitation, puis s'assit aussi sur la chaise en face d'elle.

Comme vous le savez déjà, il s'agit de la petite Léa. Votre petit ami vous accuse d'avoir quelque chose à voir avec l'enlèvement de sa fille Léa. Qu'est-ce que vous en pensez ? Avant que vous ne répondiez, je dois vous informer que notre conversation est enregistrée. Elle pourrait également être utilisée plus tard comme preuve devant les tribunaux. Cette pièce est aussi sous vidéosurveillance.

- ➤ Que voulez-vous de moi ?
- ➤ La vérité !
- ➤ La dernière fois, je vous ai dit tout ce que je sais.
- ➤ Alors je vous demanderais de répéter tout ce que vous avez dit. Nous aurons donc votre déclaration une fois pour toutes.
- ➤ Je n'ai pas kidnappé Léa !
- ➤ Personne n'a dit ça.
- ➤ Quoi alors ?
- ➤ Nous voulons juste savoir si vous en savez plus sur l'enlèvement de Léa.

> Non ! Comment suis-je sensée en savoir plus ?

Chris poussa sa chaise de bureau plus près de la table et se soutint avec les deux coudes sur la table. Il surveillait Elvira de près.

> J'adorerais avoir la réponse de vous !
> Écoutez, Commissaire, quand Léa a été kidnappée, elle n'était pas seule. Mon fils a également été enlevé.
> Exactement, ça nous semble étrange. Alors pourquoi a-t-il été libéré et pas Léa ?
> Comment le saurais-je ? Pour autant que je sache, ça fait partie de votre travail.

Chris se laissa tomber dans le fauteuil et feuilleta quelques documents qui étaient déjà sur la table.

Les documents comprenaient également des photos que Sebastian avait prises lorsque sa fille disparut avec le partenaire commercial d'Elvira. À côté se trouvait une boîte pleine de factures qui avaient été envoyées par la poste à Elvira et à l'adresse de Sebastian après l'enlèvement.

Après que Sebastian ait apporté l'argent au commissariat de la police immédiatement après l'avoir reçu, les empreintes digitales ont été examinées par les laboratoires responsables.

> Parlons de l'argent qui vous a été envoyé après le kidnapping.
> Qu'en est-il de l'argent ? Sebastian et moi vous avons tout remis !
> Justement, c'est ça ! Alors comment expliquez-vous que vos empreintes étaient sur certains billets ?
> Pardon ?

Chris remarqua les poils fins qui se dressaient sur ses avant-bras.

- ➤ Vous m'avez déjà bien compris. Nos experts du laboratoire l'ont vérifié et confirmé trois fois.
- ➤ Je ne peux pas m'expliquer ça. J'ai peut-être touché quelques notes par hasard.

Chris continua.

- ➤ On pourrait le croire. Mais comment est-ce possible ? L'argent était en effet enveloppé dans deux feuilles transparentes et était encore complètement fermé. Ou les avez-vous ouverts et refermés ?

Elvira se leva.

- ➤ Que voulez-vous dire par là ? » demanda-t-elle froidement.

- ➤ Asseyez-vous avant que je vous aide, à le faire ! Dit-il autoritairement.

    Ici c'est moi qui pose les questions !

- ➤ Comment me parlez-vous ?
- ➤ Dans votre propre intérêt, ne répondez qu'à la question. Épargnez-vous toute contre-interrogation. Sinon, vous pouvez passer le reste de la journée dans une cellule.
- ➤ Vous ne pouvez pas ! Il n'y a aucune preuve contre moi.
- ➤ Si, selon la loi USF, vous n'avez pas le droit de déranger le travail de la police de quelque façon

que ce soit. Si vous résistez à l'interrogatoire, je peux vous garder ici de 48 heures à 3 mois.

Elvira hésita.

Chris déplaça les dossiers juste ennuyés.

Finissons-en avec ça !

J'ai le prochain rendez-vous bientôt. Alors dépêchez-vous s'il vous plaît !

Elvira s'assit sur sa chaise. Elle semblait soudain minuscule.

- ➢ Croyez-moi, je suis innocente.
- ➢ Alors, aidez-moi à prouver votre innocence.
- ➢ Comment alors ?
- ➢ En répondant à mes questions, et honnêtement !
- ➢ Mais si je ne sais pas quelque chose, je ne peux rien dire à ce sujet, n'est-ce pas ?
- ➢ Que pouvez-vous me dire sur l'homme d'affaires, Sebastian...

Il a été rapidement interrompu par Elvira.

- ➢ Il n'a rien à voir avec ça.
- ➢ Laissez-moi finir, s'il vous plaît.
- ➢ Vous n'en avez pas besoin du tout. Je sais déjà ce que vous voulez dire. Je peux vous assurer qu'il n'a rien à voir avec ça.
- ➢ Faites plus attention à ce que vous dites ! Vous dites qu'il n'a rien à voir avec l'enlèvement. Alors comment expliquez-vous que Sebastian ait pu nous montrer une vidéo dans laquelle cet homme voyageait avec sa fille ?
- ➢ Quelles conneries ! Qui voit sa fille disparue en

chemin et en fait une vidéo au lieu de courir après elle en hurlant ? Vous ne le croyez pas vous-même.
- ➢ Que j'y croie ou non, je peux probablement décider par moi-même !
- ➢ Excusez-moi. J'essaie juste de faire comprendre que Sebastian est en train d'imaginer tout ça.
- ➢ Une imagination que l'on peut voir sur une vidéo ?
- ➢ C'est un très bon informaticien.
- ➢ Et ?
- ➢ Il peut faire une fausse vidéo comme ça.
- ➢ Ne vous inquiétez pas. Nous avons également des experts qui vérifient l'authenticité de nos vidéos. Et je me demande pourquoi il devrait faire ça. Aurait-il une autre raison de blâmer votre associé ?
- ➢ C'est possible. Sebastian m'a rencontré un jour dans un restaurant alors que je parlais à mon associé. Sebastian a immédiatement pensé qu'il se passait quelque chose entre nous deux. Mais ce n'est pas le cas. Ce ne sont que des affaires.

Chris n'était pas surpris que son frère ne lui fasse pas vraiment confiance. Il observait Elvira depuis longtemps. C'était une femme qui cherchait toujours une meilleure offre. Cependant, c'était son opinion personnelle qui n'avait rien à voir avec l'affaire.

- ➢ À quoi ressemblent vos relations d'affaires ?
- ➢ Il est propriétaire d'une agence de voitures. Si nous avons besoin de voitures pour l'entreprise dans laquelle je travaille, par exemple lors de fêtes d'entreprise ou lorsqu'un partenaire commercial vient de l'étranger, nous lui louons les voitures pour un bon prix.
- ➢ Et ne devriez-vous pas mener ces discussions d'affaires dans l'entreprise ?

> Oui, en principe. Mais comme nous nous entendons si bien, nous nous rencontrons de temps en temps dans un restaurant pour parler de nos affaires et aussi de sujets privés.
> Et vous n'auriez pas dû le faire dans la société...

Chris leva les sourcils.

> Vous venez de dire que vos réunions sont toujours purement professionnelles ?
> Oui, et ? Ne parlez-vous jamais à vos collègues de votre vie privée ?
> De quels sujets parlez-vous ?
> Ce ne sont pas vos affaires !
> Avez-vous parlé de la fille de votre partenaire ?
> Bien sûr que non.

Chris ne répondit pas. Au lieu de cela, il lui jeta un regard aiguisé et sortit son ordinateur portable.

La conversation est terminée ? demanda Elvira, ennuyée.

Mais il y avait un léger tremblement dans sa voix.

Je dois y aller.

> Un instant !
> Je vous ai déjà tout dit.
> S'il vous plaît, regardez ça brièvement, dit-il en tournant l'ordinateur portable pour qu'elle puisse voir la vidéo.

Elvira claqua ses mains devant son visage.

> Qu'est-ce que c'est ?
> Vous voyez bien, n'est-ce pas ?

> Il a une caméra vidéo à la maison et ne m'en a jamais parlé ?
Ça va trop loin, je vais lui porter plainte. Il me vole ma vie privée !
> La vidéo montre clairement deux choses importantes. D'une part, que vous mentez. Et d'un autre côté, que vous avez aussi quelque chose contre Léa. J'ai raison ?

Elvira se tut un moment.

> À ce stade, je veux mettre fin à la conversation. Dit-elle ensuite.
> Ce n'est pas à vous de décider.
> Je ne dirai rien tant que je n'aurai pas parlé à mon avocat.

> Très bien. Mais vu les circonstances, je crains de ne pas pouvoir vous laisser partir. Il y a des preuves que vous avez quelque chose à voir avec l'enlèvement. Nous vous garderons ici jusqu'à ce que ce soit réglé. Alors les tribunaux décideront comment procéder avec vous.

Il appuya sur un bouton. Elvira était devenue pâle.

> Je suis innocente, dit-elle,

Soudain, elle recherchait la proximité par tutoiement.
    Chris, s'il te plaît, crois-moi !

Elle attrapa sa main.

Chris prit du recul et se libéra.

> Ce n'est pas à moi de décider, a-t-il dit. Deux

policiers sont apparus.
- Emmenez-la, ordonna Chris.

29

Chris tapa ses doigts sur son bureau en attendant que Sebastian décroche le téléphone. Un clic retentit lorsque quelqu'un décrocha le téléphone, puis la voix de Sebastian à l'autre bout :

- Oui ?
- Bonjour Sebastian. Il s'est passé quelque chose que tu devrais savoir.
- As-tu trouvé Léa ? Où est-elle ? Où est-elle ? Je peux passer la prendre ?
- Non, pas encore. Je viens d'avoir une conversation avec Elvira.
  Elle ne voulait pas dire grand-chose sans d'abord consulter son avocat.
- Elle est déjà partie ?
- Non. Je l'ai faite enfermer dans une cellule.
- Oh, mon frère, est-ce vraiment nécessaire ? Je voulais juste qu'elle dise ce qu'elle savait sur le kidnapping et qu'elle nous aide à ramener Léa à la maison.
- La vidéo montre qu'Elvira est impliquée dans l'enlèvement.
- Oui, je sais. Mais nous sommes une famille. Tu aurais pu faire une exception.
- Sebastian. Elle est notre principale suspecte dans cette affaire. Je ne pouvais pas la laisser partir.
- Tu n'as jamais apprécié ma relation avec elle. Mais

tu es aussi un être humain et tu sais ce que c'est. L'émotion et la raison ont rarement leur place dans le même pot.
- Mais que ferais-tu à ma place ? Je suis policier. En plus, la vie de ta fille est en jeu.
- Tu as raison. Alors, comment procède-t-on ?
- Je ne sais pas encore. Si elle décide de répondre aux questions, je peux la laisser partir. Mais s'il s'avère plus tard qu'elle a fait un faux témoignage, elle sera punie plus sévèrement.
- Et si elle ne témoigne pas ?
- Alors elle restera dans la cellule.
- Combien de temps ? Demanda Sébastien d'un ton anxieux.
- Malheureusement, je ne puis le dire.
- D'accord, mon frère. J'aime Elvira, mais ma fille vaut beaucoup plus pour moi.
- Il y a autre chose. Quand j'ai montré la vidéo à Elvira, elle a douté de l'authenticité. Elle a dit que tu courrais après ta fille et que tu ne ferais certainement pas de vidéo si tu la voyais avec quelqu'un d'autre.
- C'est aussi vrai. Tu ne lui as pas dit comment la vidéo avait été faite ?
- Non. Elle ignore ma source. De plus, la vidéo a été prise par une de ces caméras de drones. Comme le drone était encore utilisé pendant un essai, je ne suis pas sûr qu'il puisse être accepté par le tribunal de l'USF comme preuve.
- Tu vois ! Je t'ai déjà dit quand je t'ai donné la valise que le drone et mon logiciel pouvaient aider dans de nombreuses enquêtes.
- Assez de publicité.
- D'accord. Contacte-moi dès que tu as besoin de mon aide.

Chris hésita.
- ➢ Autre chose...
- ➢ Oui ?
- ➢ Elvira veut porter plainte contre toi concernant l'autre vidéo pour violation de son intimité. Je dois admettre que cela pourrait être punissable. Nous devons trouver une solution.
- ➢ Ne t'inquiète pas pour ça. La vidéo a été prise dans mon bureau privé. Elvira n'avait pas du tout le droit d'y entrer.
- ➢ Si c'était dans ton bureau privé, ce n'est pas grave, car elle n'est pas ton employée.
- ➢ Tous mes employés sont au courant des caméras de sécurité. Ça fait partie de ma maison, mais c'est seulement pour le boulot. Certaines réunions y ont lieu. En principe, Elvira se rend passible de sanctions si elle prend les clés de mon atelier en mon absence et s'y cache pour passer des appels téléphoniques.
- ➢ C'est exact. Une autre preuve qu'elle a quelque chose à cacher. Elle ne voulait certainement pas parler au téléphone dans le salon ou dans un endroit où les enfants pourraient écouter.
- ➢ Précisément mon avis.
- ➢ C'était déjà le cas en fait. Je dois rencontrer d'autres personnes tout de suite.
- ➢ D'accord. Merci pour l'appel et à plus tard.
- ➢ Très volontiers. À tout à l'heure.

30

Elvira était agitée. C'était la première fois qu'elle était assise dans une cellule. Des sueurs froides lui ont couru dans le dos. On lui avait enlevé son téléphone cellulaire et lui en avait donné un autre, qui était surveillé par la police. Elle avait été informée qu'elle pouvait joindre son avocat ou un membre de sa famille. Rien de plus. Son temps de parole ne devait pas excéder cinq minutes par heure. Tous les numéros étaient enregistrés par le téléphone et ne pouvaient être effacés que par des experts à l'aide de certains logiciels.

Tout cela lui avait été communiqué lorsque le policier l'avait enfermée dans la cellule.

« Merde, » pensa-t-elle. Qui pourrait-elle contacter de toute façon ? Elle jouait la brave devant Chris. Un avocat, mon cul. Elle n'avait pas d'avocat. Elle n'en avait pas les moyens. Son cœur battait plus vite. Pourrait-elle appeler son patron ? Non, alors les enquêteurs suspecteraient immédiatement qu'elle pourrait avoir quelque chose à voir là-dedans. Sebastian ne répondrait pas au téléphone de toute façon. Pour lui, seule sa fille comptait. Peut-être que c'était mieux de dire la vérité, sinon elle demeurerait dans cette cellule beaucoup plus longtemps. En fin de compte, elle devrait témoigner de toute manière. Quand elle pensa à la façon dont Chris la regardait pendant la conversation ! Oh, mon Dieu, il ne lui faciliterait pas la vie. C'était l'occasion pour lui de laisser libre cours à sa haine pour elle. Contrairement à Sebastian, elle ne pouvait pas le tromper. Qu'est-ce qu'elle allait faire maintenant ? Pleine d'excitation, elle demanda au vigile d'appeler Chris. Il lui fallut exactement vingt-cinq minutes pour apparaître devant sa cellule.

- ➢ Avez-vous changé d'avis ? Demanda-t-il.
- ➢ Oui. Je témoignerai, répondit furieusement Elvira.
- ➢ Suivez-moi, s'il vous plaît.

> De retour dans la pièce où tout est enregistré ?

> Eh Oui !
> Est-ce nécessaire ?
> Ça vous pose un problème ?

Elvira pressa les mâchoires l'une contre l'autre et garda le silence.

> Asseyez-vous, s'il vous plaît, dit Chris une fois arrivé dans la salle d'interrogatoire.

Elvira se rassit sur la chaise sur laquelle elle était assise lors de la première entrevue. Ses mains tremblaient légèrement. Elle les plia et les mit entre ses jambes.

> Après ça, je peux rentrer chez moi ?
> Si vous répondez à toutes mes questions, oui. Avant cela, vous devez signer une déclaration selon laquelle vous ne quitterez pas la ville tant que tout ne sera pas réglé.
> Je pourrai récupérer mon portable ?
> Assez de questions ! Vous vous rappelez où nous avons terminé la première conversation, n'est-ce pas ? »

Elvira se tut un moment.

> Sebastian enregistra cette vidéo sans jamais me le dire, dit-elle sans bruit.

Elle ne l'aurait jamais cru capable de faire une chose pareille. Elle sentit venir ses larmes.

Sebastian n'avait d'yeux que pour sa fille Léa. Il lui donnait tout. Elle passait toujours en premier. Je devais être d'accord avec tout, que je le veuille ou non. Même s'il voulait sortir avec moi ou me donner quelque chose, il devait demander à la petite emmerdeuse. Ce n'est que lorsqu'elle lui donnait son consentement qu'il pouvait prendre une soirée libre. J'ai tout essayé pour gagner son cœur. Mais non. La dernière fois elle me dit que je ne suis pas sa mère et que je ne serai jamais une mère pour elle. Qui peut supporter une fille aussi arrogante et sans amour ?

> Et c'est pour ça que vous avez pensé à la meilleure façon de vous débarrasser d'elle ?

Elvira secoua la tête énergiquement.

> Non, pour l'amour de Dieu !
> Je suis désolé, mais tout indique le contraire !

Elvira glissait sans cesse sur sa chaise.

J'admets que j'en sais plus que je ne vous ai dit jusqu'ici. Mais je ne témoignerai pas avant que Sebastian soit là.

> Ce n'est pas un problème. Je vais le contacter et prendre rendez-vous pour la semaine prochaine.
> Ce serait bien. Je vous remercie.
> Avant cela, je voudrais encore poser une question.

Elvira le regardait silencieuse.

Qui est cette personne qui a réussi à gagner le cœur de Léa en si peu de temps ?

> Je vous demande pardon ? Au début, vous parliez d'un kidnapping et maintenant d'une relation amoureuse ?
> Oui. L'un n'exclut pas l'autre ! Mais je ne pensais

pas vraiment à une relation amoureuse, même si c'est possible. Je voulais plutôt savoir, comment est-il possible qu'elle resplendisse comme ça après un kidnapping ?

- ➢ Comment le saurais-je ? Pourquoi ne pas demander à Sebastian ? Il a fait la vidéo après tout !
- ➢ Que savez-vous de votre associé ?
- ➢ Comme je l'ai dit, je ne veux dire le reste qu'en présence de Sebastian.
- ➢ Très bien ! Donnez-moi quelques minutes.

Chris prit son portable et appela Sebastian.

- Bonjour Chris, dit Sebastian.
- Salut mon frère. J'espère que je ne te dérange pas au travail en ce moment ?
- Non. Ces derniers jours, je n'ai pas pu bosser. Je ne pense qu'à ma fille. J'ai quitté mon bureau ce matin. Je suis à la maison et j'essaie de me reposer.
- Je comprends. Elvira est de nouveau assise en face de moi. Elle ne veut plus répondre à une autre question tant que tu ne seras pas là. Pourrais-tu venir dans la prochaine demi-heure ?
- Bien sûr, répondit Sebastian très rapidement.

Chris était surpris. Il ne s'attendait pas à ce que Sebastian ait le temps aussi spontanément. C'était aussi la première fois que son frère s'engageait dans une telle rencontre spontanée. Il souriait légèrement.

- Merveilleux ! Je t'envoie un lien tout de suite. Quand tu arriveras, appuie dessus. Cela te donnera des informations sur la pièce et sur la façon d'y

accéder.
- OK je me mets en route immédiatement.

Après l'appel, Chris mit le téléphone sur la table. Il regarda Elvira. Elle jouait avec ses cheveux et se rongeait les ongles. Il s'immergea brièvement dans ses pensées. « Comment se fait-il que Léa semblait si heureuse sur la vidéo ? Mark Dabrator ne peut tout simplement pas être derrière tout ça ! Cela avait sûrement quelque chose à voir avec ces hommes riches qui gâtent les enfants et simulent leur grand amour. Léa, 12 ans, est pubère. L'homme était-il son amant ? Un pédophile ? Espérons que non ! Ce serait un désastre psychologique pour ma nièce ! Ou Léa était-elle partie volontairement ? Se sentait-elle négligée par son propre père ? Avait-elle l'impression, comme Elvira, qu'il avait trop peu de temps pour elle ? »

Une vingtaine de minutes plus tard, on frappa à la porte. Chris ouvrit.

- Sebastian ! C'est bien que tu aies pu venir si vite.
> Pas de problème, répondit Sebastian.

Il jeta un bref regard sur Elvira et déformant avec mépris les coins de sa bouche. Elle caressa ses cheveux derrière l'oreille et sourit embarrassée. Puis elle baissa les yeux.

- Pouvons-nous enfin procéder à l'interrogatoire ? Demanda Chris.

Elle hésita. Ses lèvres tremblaient.

> ➤ Oui, dit-elle enfin doucement.
> Il s'appelle Gai, poursuivit-elle.
> C'est le directeur d'un de nos concessionnaires de voitures. Comme je l'ai déjà dit, il n'a rien à voir avec moi directement, mais avec mon patron.
> ➤ Épargne-nous ces détails ennuyeux. Où est Léa ? Et pourquoi dois-je rester ici ?

Elle évitait son regard comme par hasard.

> ➤ Je sais où elle est.

Chris avala. Sebastian était abasourdi. Il la dévisageait avec un battement de cœur rapide et une bouche ouverte.

> ➤ Tu n'es pas sérieuse, n'est-ce pas ? S'écria-t-il avec horreur.
> • Tout dans le calme, mon frère. Pourquoi ne pas nous dire où la trouver ?
> ➤ Elle est avec la femme la plus célèbre et la plus riche de l'USF, répliqua-t-elle brièvement.
> • Reine Natasha ? Demanda Chris.

Sebastian rugit.

> ➤ Ce n'est pas possible.

Ses yeux scintillaient d'humidité.

> J'avais tellement tort à ton sujet. Comment as-tu pu me faire ça ? Depuis le début de notre relation, je t'ai raconté toute l'histoire. Tu sais que la reine Natasha était contre ma relation avec sa fille. Tu sais que sa fille est partie avec moi contre son gré. Elle n'a plus eu de contact avec sa mère jusqu'à sa mort. Léa est la seule chose qui me reste de cette belle âme. Et tu oses me l'enlever ?

Elvira était silencieuse.

> Comment peux-tu me voir souffrir ainsi ? Tu le vis de très près, comment tout ça me détruit. Je ne peux ni manger ni travailler. Pendant tout ce temps, tu as essayé de me persuader qu'elle était morte.

- ➢ Désolé. Je ne veux pas embellir ma stupidité. Mais je l'ai fait parce qu'on me l'a ordonné. La reine Natasha est une femme très puissante et amie de mon patron.
- • Attendez une minute. Saviez-vous que la reine Natasha est la grand-mère de Léa ? Demanda Chris.
- ➢ Oui, Sebastian me l'avait déjà dit. C'était stupide de ma part. Mais je n'avais vraiment pas de mauvaises intentions. Je savais qu'elle allait bien. J'en ai juste profité pour attirer l'attention de Sebastian.
- ➢ Comme c'est ridicule ! Et c'est pourquoi tu m'as dit qu'elle avait déjà été détruite par Mark Dabrator. Pourquoi ne nous dis-tu pas combien elle te paye pour détruire mon âme ?

Elvira se tut à nouveau.
- ➢ Je suis désolé.

Sébastien se rapprocha d'elle avec des yeux flamboyants.

- ➢ Ta place est en prison. C'est fini entre nous ! J'aurais dû écouter mon frère plus tôt.

Puis il quitta la pièce sans autre commentaire et claqua la porte derrière lui.

Chris posa d'autres questions à Elvira et la fit ensuite

enfermer dans une cellule.

31

Après l'interrogatoire d'Elvira et une visite inopinée de la vieille dame, Chris appela directement son collègue.

— Bonjour Luc.

Visiblement, il y avait de la friture sur la ligne,

M'entends-tu ?

— Bonjour Chris. La connexion n'est pas si stable, mais je t'entends.

— Je viens de finir d'interroger Elvira. Enfin, elle l'a admis.

— Bravo, collègue.

— Je te remercie.

— Y a-t-il autre chose ?

Luc avait l'air étrange. Chris avait déjà eu la même impression lorsqu'il avait quitté précipitamment le commissariat

— Qu'est-ce qui t'arrive ? Tu ne m'as même pas dit qui a passé cet appel de détresse et de quoi il s'agissait.

— Il venait de ma femme.

— Qu'est-ce qui ne va pas chez elle ?

— Elle a reçu une lettre contenant une adresse. Une

point de rencontre qui pourrait nous soulager de tous nos soucis.

Ces derniers mots éveillèrent la curiosité de Chris :

— Un point de rencontre ? Alors la vieille dame avait encore raison ?

— Qu'entends-tu par là ?

— Elle est venue me voir après le départ d'Elvira.

— Qu'est-ce qu'elle a dit ?

— Rien. Mais elle t'a laissé un cadeau.

— Super blague ! Ce n'est pas mon anniversaire.

— Je suis sérieux. Si tu veux, je peux l'ouvrir maintenant.

— Oui, s'il te plaît !

— Peut-être a-t-elle trouvé un nouvel emploi à la Poste, plaisanta Chris.

Il prit le paquet, coupa la bande et l'ouvrit. Il contenait une pièce de monnaie. Chris la pencha d'avant en arrière pour que sa surface brillante reflète la lumière de la lampe.

— C'est une pièce de monnaie, mais pas une pièce normale, dit-il.

Il y a des miroirs des deux côtés qui sont absolument identiques. Elle a un diamètre d'environ dix centimètres.

... Allô, tu m'écoutes ?... Encore ce satané

réseau, pensa- t-il.

En effet, la tonalité indiquait que la communication était interrompue. Agacé, il recomposa le numéro. Après trois vaines tentatives, il abandonna : Luc finirait bien par le recontacter ! Il posa son portable sur le bureau, s'enfonça dans son siège, allongea ses jambes et se mit à méditer sur les nouveaux éléments et rebondissements de cette affaire.

32

Luc était encore seul dans la voiture. Cinq minutes s'étaient écoulées depuis que sa conversation avec Chris. Malgré de nombreuses tentatives, il ne parvenait toujours pas à joindre Chris. Il déposa le téléphone portable sur le siège latéral. Il était encore occupé à parler à Chris. Surtout le cadeau que Chris avait mentionné. Luc, contrairement à sa femme, était fermement convaincu que la vieille dame ne se rendait nulle part sans raison. Il ne pensait pas non plus qu'elle était folle. Au cours de sa longue carrière, elle était intervenue à plusieurs reprises dans des affaires et avait laissé des indices aux personnes concernées. Et elle avait toujours raison. Le problème était de déchiffrer les indices. « C'est typique de sa part de transmettre des informations codées », pensa-t-il. Que voulait-elle dire, par exemple, avec la pièce de monnaie ? Quand son portable sonna de nouveau, Luc décrocha en un clin d'œil.

— Chris ? Où en étions-nous ?

— Au niveau de la pièce de la vieille dame.

— Ah, oui. J'y songeais justement.

Alors qu'est-ce que tu voulais dire par la vieille dame avait raison ?

— Elle portait une veste avec la marque bouclée à l'arrière.

— Qu'est-ce que c'est que cette "marque bouclée" ?

— C'est l'heure d'un nouveau tutoriel, plaisanta Chris.

— Oui, s'il te plaît. Tu es le spécialiste dans ce domaine.

— Selon mon grand-père, la "marque bouclée" est un langage spécial qui ne s'écrit pas avec des lettres, mais avec des caractères spéciaux.

— Ton grand-père t'a appris à comprendre la langue ?

— Oui. Pas parfaitement, mais j'ai compris ce qui était écrit sur sa veste.

— Et qu'est-ce que ça disait ?

— La prochaine personne à recevoir mon cadeau recevra aussi une lettre qui a une signification apparemment importante.

Luc en fut affecté. Il se demanda si la lettre anonyme que sa femme avait reçue avait été envoyée par la vieille dame.

Il se mordit la lèvre inférieure.

— Apparemment ? demanda-t-il. Qu'est-ce que cela signifie concrètement ?

— Par "apparent", on entend quelque chose qui ne correspond pas à la vérité.

Malheureusement, je ne sais pas plus.

Mais je te conseille d'ignorer la lettre, dit Chris.

— Comment suis-je censé le faire ? Après tout, la lettre parle de mon enfant kidnappé !

— Dans quels termes ?

— Je ne l'ai pas encore lu moi-même.

Mais ma femme m'a dit que la lettre contenait une adresse où je pourrais trouver nos enfants.

— Et tu y crois ?

— Croire ? Qu'est-ce que croire ? demanda Luc désespérément. Sais-tu en quoi j'ai cru jusqu'à ce jour ?

— Non. Peut-être que tu me le diras.

— À un Dieu qui rend justice et non à celui qui ne fait que me faire souffrir.

— D'accord, murmura Chris.

— Mais le temps de croire est fini. Ce que je crois n'a plus d'importance. Ma femme m'accuse de la tromper avec Berta et mes enfants ont été enlevés. Pour moi, ma famille était mon tout. C'est grâce à elle que j'aimais aller travailler le matin. Un rêve qui s'est transformé en cauchemar en quelques secondes. Et maintenant tu parles de croyance ?

— Luc, calme-toi, s'il te plaît...

— Je ne veux pas me calmer ! C'est mon enfant qui a été kidnappé, peu importe ce qui m'attend, j'irai là-bas.

— Alors faisons un plan et allons-y ensemble.

— Malheureusement, c'est loin d'ici. Je n'ai toujours aucune idée de comment et quoi... Mais je dois y aller seul et immédiatement.

— J'ai un mauvais pressentiment.

— Une raison particulière ?

— J'ai peur que le clan Mark Dabrator profite de ton état pour te mettre à l'écart.

Luc ralentit. Il était déchiré de part et d'autre. Il gara la voiture près d'une station-service.

— Ma décision est prise, dit-il.

— Luc, écoute-moi. Nous travaillons ensemble depuis quelques années maintenant. Je sais à quel point ta famille t'importe et je sais combien de temps il a fallu à Lea pour tomber enceinte. J'ai beaucoup de respect pour ta volonté de prendre tous les risques pour sauver ton enfant. Mais sérieusement, crois-tu que le seul moyen d'accéder au paradis est par l'enfer ?

— Connais-tu un autre moyen ?

— Ce n'est qu'une question de temps jusqu'à ce qu'on trouve un autre moyen.

— Je suis au bout du rouleau. Les nuits sont une torture. Au lieu de dormir, je me roule dans mon lit et je m'inquiète pour mon enfant. Je dois le faire, c'est tout. Même au prix de ma propre vie.

— D'accord. Si tu as besoin d'aide, contacte-moi.

— Merci !

— Mais donne-moi l'adresse pour que je puisse préparer quelques unités en cas d'urgence. On ne sait jamais...

— Il n'y a pas d'adresse correcte ! Il n'y a que quelques coordonnées, où je trouverai une voiture verte, et je devrai emprunter celle-ci. Je découvrirai le reste sur place.

— Peut-être que le point de rencontre est déjà stocké dans le système de navigation. Si c'est le cas, dis-le-moi, s'il te plaît.

— Je ne pense pas que celui qui a envoyé la lettre facilitera les choses.

Chris était silencieux à l'autre bout.

—Fais attention, d'accord ? Finit-il alors.

33

Luc immobilisa sa voiture brusquement devant sa

maison. Pendant un moment, il resta immobile et se repassa la conversation avec Chris dans la tête. Puis il sortit.

Lorsque Luc entra dans le salon, Léa leva les yeux, surprise.

Elle restait paralysée en face de lui, la lettre dans ses mains. Son regard était ferme, mais ses narines frémissaient.

— Est-ce la lettre dont tu parlais au téléphone ? demanda Luc.

Le hocha la tête

Puis-je la voir un instant ?

Léa lui tendit le pli.

Pendant que Luc lisait, les coins de sa bouche se tordaient vers le bas.

Je dois passer un coup de fil, dit-il en se dirigeant vers son bureau.

— Bonjour Luc, répondit Chris à l'autre bout du fil.

— J'ai la lettre.

Elle est écrite sur l'ordinateur, pas à la main.

— Dommage. Qu'est-ce que ça dit ?

— Je ne peux pas avoir l'adresse à l'avance.

Demain, trois personnes différentes m'appelleront pour me dire la ville, la rue et le numéro de maison. Dans cet ordre. La lettre mentionne également que « la durée d'un appel ne devrait pas excéder quinze secondes".

— Je ne suis pas voyant, mais je pense toujours que c'est un piège.

Luc se tut.

— Luc s'il te plaît. Ne laisse pas tes émotions te guider ainsi.

— De mon point de vue, il n'y a rien à redire.

— Je ne partage pas ton avis.

Toutes les descriptions correspondent à des ingrédients qui sont utilisés uniquement dans la cuisine du Clan Mark Dabrator. Une cuisine cinq étoiles dont la nourriture ne doit pas être servie ni aux connaisseurs, ni aux affamés.

— Parle une langue que je puisse comprendre.

— Danger ! Ils ont tout conçu pour que tu ne puisses rien planifier contre eux à l'avance.

— Exactement ! Et pour cette raison, il est logique de ne prendre aucun risque. Qui sait, peut-être même que certains d'entre eux ont déjà été en service pour la police.

— Que penses-tu d'emmener une micro-caméra cachée avec toi ?

— La lettre dit qu'ils ont installé des capteurs et des détecteurs spéciaux dans la voiture. Je n'ai pas le droit d'utiliser un téléphone ou autre tant que je suis dans la voiture ou à proximité. Une caméra cachée n'a aucun sens ici. Sinon, nous serions foutus !

— Ce sont des détails importants que tu m'as jusqu'ici cachés.

— Je suis désolée. La lettre est une longue.

— C'est pour ça que je te propose de te prendre en filature, continua Chris

— Comment vas-tu faire ça sans te faire repérer ?

— Il y a toujours un moyen.

— Je suis désolé Chris, mais je ne veux prendre aucun risque. Il s'agit de mes enfants. Je ne me le pardonnerais jamais si quelque chose leur arrivait.

Chris était à nouveau silencieux.

— Merci quand même. Je garderai à l'esprit toutes les informations que tu m'as données, poursuivit Luc, juste avant qu'il ne raccroche.

— Je te souhaite beaucoup de succès et de force, répondit Chris dans le vide.

34

Après son appel, Luc retourna au salon téléphonique avec Chris. Il avait quelque chose en tête dont il voulait se débarrasser. Il appela Léa plusieurs fois, fouilla l'appartement sans succès. Puis il lui téléphona. Mais elle ne répondait pas au téléphone non plus. Il se mit à table et lui écrivit une lettre. Puis il la posa à côté du pot de fleurs. Avant de quitter la maison, il voulut prendre une photo de l'album de famille sur l'étagère. Mais l'album n'était plus à sa place habituelle. Il le chercha sans succès à d'autres endroits. Finalement, il abandonna, prit les clés de la voiture et quitta l'appartement. Il allait monter en voiture, hésita et jeta un dernier regard vers le jardin. Là, derrière la haie, se trouvait une poussette. C'était celle que Luc avait achetée en guise de remplacement d'urgence. Il se frotta les yeux, mais la poussette était toujours là. Luc referma la voiture et s'approcha lentement. Il serra les poings. En fait, c'était la sienne : la marque sur le côté était inscrite. Il regarda autour de lui nerveusement. "Lea," appela-t-il à haute voix.

« La voix ressemble à celle de votre père », entendit Luc au loin

Il courut plus loin dans le jardin. « Lea, c'est toi ? » cria-t-il encore.

« Vous entendez, les enfants ? Ça ressemble à papa, non ? »

Luc courut au coin et découvrit sa femme sous un arbre. Elle était assise là avec aux bras deux peluches qui appartenaient à ses jumeaux. Elle en tenait une dans son bras gauche et l'autre dans son bras droit. Elle serra les deux contre elle et Luc ralentit : Lea chantait la chanson préférée des jumeaux. Chaque fois qu'elle la jouait sur son téléphone portable, un sourire se répandait sur les visages de David et Beyonce. Luc s'arrêta et ferma les yeux. Il repensa à l'époque juste après la naissance où il jouait avec sa femme et leurs deux enfants dans le jardin, échangeant des regards heureux à ce même endroit. Il ouvrit de nouveau les yeux et s'approcha lentement de Lea. Elle chantait encore. Luc en eut la chair de poule. Il s'accroupit en face d'elle. Des larmes coulaient sur sa joue.

> Tout ira bien, dit-il, et les larmes lui virent aux yeux.

Elle contemplait encore les peluches des jumeaux.

> « Qu'est-ce qui vous prend, mes chéris ? » demanda-t-elle, « Maman chante si mal aujourd'hui ? Pourquoi ne riez-vous pas comme d'habitude ? »

> Maman chante très bien, dit Luc.
> Peut-être qu'ils dorment déjà.

Finalement, il réussit à capter son regard. Il était fixe.
> J'ai chanté tout du long. Ni l'un ni l'autre n'ont ri une seule fois, répétait-t-elle.

Luc essuya ses joues mouillées et sortit son smartphone de sa poche. Il cherchait un enregistrement prit quelques mois après la naissance, lorsque les enfants avaient ri aux éclats pour la première fois.

> Tu veux qu'on recommence tous les deux ? Demanda-t-il.
> Peut-être qu'ils aiment quand maman et papa chantent ensemble.

Lea hocha la tête.

Pendant qu'ils chantaient, Luc laissa son doigt sur le bouton de lecture. Il attendit l'endroit exact que les jumeaux aimaient le plus et appuya sur *Play*. Leurs rires résonnèrent.

Lea ouvrit grand les yeux. Un léger rougissement teinta ses joues et un sourire se répandit sur sa bouche entrouverte. Quand l'enregistrement fut terminé, Luc l'observa affectueusement et dit :

> ➤ Les enfants sont fatigués maintenant. Rentrons à la maison.

Il baissa les yeux vers les deux peluches et pinça les lèvres. Puis il lui serra la main et l'aida à se relever. Alors qu'ils arrivèrent dans le salon, Luc regarda sa montre.

> ➤ Prends bien soin de toi, s'il te plaît. Je dois y aller maintenant. Je t'ai écrit une lettre. C'est sur la table à manger. Tout ce qu'il y est écrit est vrai.
> ➤ D'accord, dit Léa tout en gardant un contact visuel avec lui.
> ➤ A bientôt, répliqua Luc avec hésitation.

Puis il se retourna et courut vers la sortie. Tandis qu'il posait sa main sur la poignée de la porte, Lea l'appela.

Luc attendit.

> ➤ Merci, murmura t'elle d'un ton très émotionnel.

Luc sourit et sortit.

35

Léa était à nouveau seule. Elle appuya sa tête contre la

porte entrouverte. « Oh, si je pouvais remonter le temps », pensa-t-elle. « Tout était parfait. Et maintenant, quoi ? »

Elle alla dans la cuisine et se fit un chocolat chaud. Puis elle retourna dans le salon, s'assit sur le canapé et ouvrit la lettre que Luc lui avait écrite. Elle était surprise du poids de l'enveloppe. En plus d'une feuille de papier pliée, elle contenait une chaîne et une clé USB. Elle déplia la feuille et lut la première phrase.

« *Tu me connais !*», écrivait-il. « *D'où je viens, les gens croient plus aux promesses qu'en Dieu. Tu te souviens de notre conversation le lendemain de notre mariage ? Tu m'avais dit alors combien tu m'aimais et que tu ne survivrais jamais si je trahissais notre amour. Ma réponse fut courte : 'Là d'où je viens, les promesses ne sont jamais rompues'. Tu ne me croyais pas à l'époque. Mais j'étais très sérieux. Là d'où je viens, nous devions consigner autrefois chaque promesse par écrit ou sur un fichier audio. Ceux qui ne tenaient pas leurs promesses devaient faire face à de nombreuses années d'emprisonnement ou même à la mort, selon les promesses qu'ils avaient faites.*

Aujourd'hui, c'est différent, mais pas dans mon cœur. Cela m'a beaucoup marqué. Ce que je veux te dire, c'est que je ne promets jamais rien pour rien. Les promesses ont quelque chose à voir avec l'honneur, et pas juste avec son propre ego. Tu peux compter sur une main le nombre de fois où je t'ai promis quelque chose ces dix dernières années, n'est-ce pas ? C'était quatre fois exactement.

La première fois, c'était quand j'ai promis de t'épouser.

La deuxième lorsque nous nous sommes mariés : Je

resterai avec toi, pour le meilleur et pour le pire.

La troisième promesse que je t'ai faite : Je te resterai fidèle aussi longtemps que tu me resteras fidèle.

Et la dernière, après la naissance de nos enfants : Je serai toujours là pour mes enfants. Je les protégerai, même au prix de ma vie.

Tu te demandes pourquoi je te le rappelle ? Le jour est venu, tout simplement. C'est le jour où je te prouverai à quel point je suis sérieux dans mes promesses. Je pars en voyage, et quand je reviendrai, j'aurai les enfants avec moi. Chris dit, et la vieille dame aussi, que ça pourrait être un piège. Mais ma décision est prise. Je ne peux plus voir combien tu souffres. Et je ne peux plus dormir avec l'inquiétude constante que nos enfants soient maltraités ou même tués par des mains étrangères. Je préfère mourir en essayant de sauver mes enfants plutôt que d'être rongé par une mauvaise conscience toute ma vie.

Comme je ne sais pas si je reviendrai, je voudrais te parler de certaines choses. Mieux vaut maintenant que jamais ! Je veux te dire que je n'ai jamais eu de relation sexuelle avec Berta. Je te le jure sur ma vie. Si nos problèmes viennent de Mark Dabrator, je te promets de faire la peau a cette enflure.

Dans l'enveloppe, tu trouveras aussi une vieille chaîne et une clé USB. J'ai reçu la chaîne de ma mère avant sa mort. Dans le médaillon, il y a une clé qui ouvre une valise secrète. La valise s'ouvre avec trois clés. Les clés ont un numéro sur le devant. La notre a le numéro deux, il nous manque la une et la trois. Donc, si tu vois quelqu'un avec une chaîne similaire, parle-lui. Si je ne reviens pas, je te demande de mettre la chaîne et d'attendre de *nouveau à l'entrée de l'école, là où tu as rencontré la vieille dame. Je crois sincèrement qu'elle pourrait en faire quelque chose. Même si tu ne l'estimes pas beaucoup, fais-le pour moi, s'il te plaît.*

Sur la clé USB, tu trouveras plusieurs dossiers. Dans le premier, intitulé "Notre soleil", j'ai téléchargé des vidéos de nous : tout ce merveilleux temps que nous avons passé ensemble. Dans un autre, intitulé "EinigSchaffenwiralles", je parle de ce soir-là, où tu étais désespéré après la visite du médecin et où je t'ai convaincue que tu concevrais. Il y a aussi un dossier intitulé "Thunderstorm" dans lequel je te raconte la douleur que j'ai ressentie chaque jour depuis notre séparation. Puis un autre appelé "Forever". Il contient des enregistrements vidéo de moi qui sont destinés à David et Beyonce. S'il te plaît, joue les quand ils seront grands, si je ne reviens pas.

Je t'aime toujours autant et ça ne changera jamais. Certaines parties de cette lettre peuvent être tristes. Mais ce n'est pas nécessairement une mauvaise chose. Je suis toujours le même. Tu m'as accusé d'avoir été parfois froid avec toi ou d'essayer de te faire la morale. Je te prie de m'excuser. Personne n'est parfait. Le plus important est de tenir compte de la sensibilité des autres, surtout quand on les connaît.

Bonne chance, ma chérie. J'espère te revoir bientôt. »

La lettre glissa des mains de Lea. Il y avait tant de choses qu'elle aurait voulu dire à Luc à ce moment-là. Mais il était parti, et elle ne pouvait rien faire pour le récupérer.

36

Lea se penchait juste pour ramasser un paquet de poudre à pâte quand elle aperçut Katy dans la section bébé, au bout du couloir. Elle poussa un cri étouffé et le bicarbonate de soude tomba de nouveau. Instinctivement, elle essaya de se cacher derrière une étagère. Rêvait-elle ? Elle s'essuya le visage et secoua la tête avec incrédulité. Elle était venue ici pour faire ses courses de la semaine, et puis son ancienne baby-sitter, la kidnappeuse de ses enfants, se tenait ici comme si rien d'autre ne s'était passé. Le sang bouillait dans ses veines. Elle haleta et regarda de nouveau la femme au bout du couloir. Il n'y avait aucun doute. C'était vraiment Katy. Elle claqua son sac à provisions sur le sol et essuya ses mains moites sur le jean. Puis elle se dirigea vers Katy comme une furie.

— On se revoit, dit froidement Lea.

Katy se retourna lentement vers elle.

— Lea ? demanda-t-elle avec un sourire glacé.

— J'espère pour toi que mes enfants vont aussi bien que tes yeux.

Katy se retourna avec mépris et continua de faire ses courses comme si de rien n'était.

— Tu n'as pas honte de toi ? cria Léa.

Sa voix devenait de plus en plus forte.

Au lieu de répondre, Katy scintilla sur elle en silence.

Elles échangèrent des regards amers pendant un moment. Lea était sur le point d'exploser. Elle serra les poings contre elle et les ouvrit à nouveau. Elle aurait préféré lui sauter dessus et la battre jusqu'à ce qu'elle lui dise où elle avait emmené les jumeaux. Au lieu de cela, elle sortit son téléphone de sa poche et composa le numéro de police. Dès qu'elle porta le téléphone à son oreille, son interlocutrice fit un pas menaçant vers elle.

— Que fais-tu la ? Demanda Katy d'un ton moqueur.

— Bonjour, dit Léa à son portable sans faire attention.

Quelques secondes après. Elle donna l'adresse du supermarché.

— De quoi ça a l'air ? répliqua-t-elle à Katy après l'appel.

— La police ?

Lea surveillait Katy de près. Si elle essayait de s'échapper, elle l'arrêterait.

Mais elle ne fit aucun effort pour s'enfuir.

Ce que tu es naïve, continua-t-elle.

Ton mari est aussi policier. Sans doute l'un des plus expérimentés de l'USF. Lui et son collègue Chris ont plus de succès avec leurs enquêtes que jamais auparavant dans l'histoire de l'USF. Pas vrai ?

— Oui. Et ?

— Je me demande pourquoi tu as eu l'idée de contacter les collègues de ton mari, là où il a échoué.

— Je t'interdis de parler de mon mari ainsi !

— Ou quoi ? La vérité fait mal ?

— Honte à toi ! Honte à toi, Fripon ! cria Léa.

N'as-tu pas de cœur ? Comment as-tu pu kidnapper mes jumeaux ?

— Désolé, mais je dois partir maintenant.

— Pas question ! Léa s'approcha d'elle. Tu ne vas nulle part. Si tu crois que tu peux t'échapper avec ton Pseudo- sang-froid, tu as tort ! Ne fais rien de stupide, sinon je vais alerter tout le monde. Crois-moi, sans mes enfants, je ne te laisserai pas partir !

La porte du supermarché s'ouvrit et deux policiers entrèrent.

— La police est là !

— Très bien joué, Madame la Commissaire. Je ferais mieux de rester ici les mains liées et d'attendre les menottes.

Léa n'y prêtait pas attention. Au lieu de cela, elle fit un signe de la main aux policiers.

— Maintenant, c'est fini, dit-elle.

— Je me demande pourquoi tu crois toujours tant qu'ils peuvent t'aider, murmura Katy à nouveau d'un air moqueur.

Lea l'ignora et tourna son regard vers les policiers.

— Bonjour, salua l'un des policiers. Laquelle d'entre vous nous a appelés ?

— J'ai appelé, dit Lea.

— Comment pouvons-nous vous aider ?

— C'est la femme que j'ai récemment engagée comme baby-sitter. Elle a disparu le premier jour de travail avec mes jumeaux !

— Peut-on voir vos papiers ?

— Voilà.

Lea était la première à leur présenter sa carte d'identité.

— Les vôtres aussi, s'il vous plaît.

Katy donna également sa carte d'identité au deuxième policier.

— Vous êtes Lea et Katy.

— Exactement, confirma Léa.

— Et c'était votre baby-sitter ?

— Juste une journée. Puis elle a disparu avec mes enfants, comme si elle l'avait planifié depuis le début. Malgré plusieurs demandes, elle ne m'a pas dit où je pouvais trouver mes enfants !

— Nous aimerions vous emmener au commissariat et clarifier tous les détails sur place.

— Bien sûr ! Elle devrait être enfermée, cria Léa.

— Nous vous emmènerons tous les deux avec nous, dit le policier.

Lea hésita, puis elle se secoua. Elle n'avait rien à perdre

après tout.

— Qu'est-ce qu'on attend ? demanda-t-elle.

— Les dames ...

37

Pendant le voyage, régnait le calme dans la voiture. Lea prit son portable et écrivit un SMS à Luc. « Bonjour Luc. Merci beaucoup pour ta lettre et les belles paroles. Je serais heureuse si nous pouvions nous asseoir bientôt et parler de tout en paix. La vraie raison pour laquelle je t'écris maintenant, c'est que j'ai vu Katy faire du shopping et j'ai alerté la police. Nous sommes en route pour le commissariat. Préviens-moi quand tu auras lu mon SMS. »

Elle remit son portable dans sa poche. Il régnait toujours le silence. Lea jeta un coup d'œil à Katy. Pourquoi semblait-elle si détendue ? On aurait presque cru qu'elle dissimulait un sourire. Mais ce n'était qu'une impression. C'était les effets secondaires du stress des derniers jours.

Son téléphone sonna.

> Bonjour Luc, dit-elle.

Et soudain, il y eut de l'agitation dans la voiture.

Elle regarda le policier qui conduisait prendre une grande respiration et la mimique de Katy changer brusquement.

> Tu m'entends ? demanda Léa.
> Dans quel commissariat allez-vous ? demanda Luc avec empressement.
> Attends, je vais demander, dit Léa en se tournant vers le policier sur le siège passager.

Elle posa la question deux fois.

Les policiers se regardèrent mais ne répondirent pas.

Elle répéta sa question un peu plus fort.

> Donne-leur le téléphone, s'il te plaît.
> D'accord.

Lea tendit son téléphone portable vers le policier sur le siège passager. Il le prit avec hésitation et le porta à son oreille.

— Bonjour. Ici l'inspecteur en chef Luc, responsable de tous les secteurs de l'USF 1-30.

A qui ai-je l'honneur ?

Silence.

« Que dois-je dire maintenant ? » chuchota le policier à son collègue au volant.

Le conducteur fit un geste et le passager raccrocha.

> Que faites-vous ? cria Léa.
> Pourquoi avez-vous raccroché ? Et pourquoi ne me rendez-vous pas mon téléphone portable ?

> Silence, hurla le chauffeur en lançant un regard menaçant à Lea.

Lea sombra à nouveau dans son siège. Son estomac était noué. Elle resta muette jusqu'à son arrivée...

© 2019, Matt-Eron, Thiess
Edition : Books on Demand,
12/14 rond-Point des Champs-Elysées, 75008 Paris
Impression : BoD - Books on Demand, Norderstedt, Allemagne
ISBN : 9782322094813
Dépôt légal : septembre 2019